くちびるに歌を

中田永一

くちびるに歌を

中田永一

装幀　山田満明
装画　北沢平祐

プロローグ

十字架の下で聖歌を口ずさむ少女たちの夢を見た。

厳《おごそ》かな雰囲気と、透明な歌声。

子どものころの記憶だ。

私が合唱をはじめるきっかけとなった日、それは母の思い出とひとつながりになっている。

夜中に目が覚めて、眠れなくなったので、机の前にすわり、手紙を書くことにした。数ヶ月前、まだNコンの練習をしていたときに出された宿題を、ほったらかしにしていたのである。提出するわけではないから、やらなくてもいいのだけど。手紙の宛先《あてさき》は【十五年後の自分】。何を書けばいいのかわからず、合唱部全員に配布された原稿用紙をながめながら、この数ヶ月間のことをおもいだす。

男子部員と女子部員の対立。

ラブレター。

向井《むかい》ケイスケの告白。

Nコンの練習と本番。

地味で存在感のなかった桑原《くわはら》サトルという男子が、今では下級生の女子から慕われるような存在になったこと。

十五年後の自分は、それらの出来事をおぼえているだろうか。

手紙に綴《つづ》っておくことにしよう。

いつまでもわすれないように。
自分には、いっしょに歌ってくれる仲間がいたのだということを。

第一章

拝啓　寒気もすこしずつ緩み始めましたが、いかがおすごしでしょうか。

花の蕾《つぼみ》にさきがけて、私のおなかも順調にふくらんでいます。

と言っても、太りつつあるわけではありませんよ。

さて、先日、打診した件ですが、無事に校長先生の許諾をいただきました。

探す手間がはぶけたと言って、ありがたがられたくらいです。

このような土地で臨時の音楽教師というのは、なかなか見つからないものなのでしょう。

あなただったら、私も安心して生徒たちを頼めます。

合唱部のおてんばたちも、なついてくれるでしょう。

残念ながら、あなたの実家から通える範囲ではないけれど、家賃は東京ほど高くないので勘弁して下さい。

それでは、私も旦那も、あなたが帰ってくるのをたのしみにしています。

敬具

＊＊＊

学年末試験にすっかりうちのめされて、瀕死《ひんし》の状態で息も絶え絶えだった。修了式は午前中におこなわれ、生徒たちは正午前に解散となる。でも、すぐに帰るのがなごりおしかったので、第二音楽室で合唱部の友人らと輪になっておしゃべりをしていたら、後輩のアホが「号外でーす!」と言いながら騒々しく引き戸を開けて入ってきた。

「みなさん、おつかれさまです」

その後輩は名前を福永《ふくなが》ヨウコといい、私よりもひと学年下である。廊下を走ってきたらしく、息をきらしていた。彼女の手には、うすい透明ケースに入ったDVDのディスクがにぎられている。

「これ、さっき職員室の前で鈴木《すずき》先生にわたされました。松山《まつやま》先生からあずかっとったそうです」

号外とはつまりそれのことらしい。彼女は音楽室の備品であるテレビとDVDプレイヤーを起動させた。

「松山先生、今日はここに来んと?」

「検査があるらしくて、すぐに帰られたそうです」

「そのDVDはなん?」

「NHKの録画です」

私は首をかしげる。

「先輩、わかりませんか。この前、ついにアレがテレビで発表されたんですよ」

その場にいた大半の生徒はすぐにぴんときたようだった。

「そんな時期だっけねえ」

私と同学年の辻《つじ》エリが銀縁メガネの奥で目をかがやかせた。彼女はその真面目《まじめ》さを買われて来年度から部長になる予定だ。勉強もできる優等生なので、試験の時期になると合唱部の人間は彼女にノートを写させてもらっていた。それが目的で入部を決意した者もいる。

「ＮＨＫで発表って？　紅白の司会者か何か？」

「仲村《なかむら》先輩、それでもほんとうに合唱部なんですか⁉」

福永ヨウコが怒った。小学生のような身長と容姿だからちっともこわくはないけれど。

「ほんとうにわからん。発表？　連ドラの主役かなんか？」

「もうだまっててください」

再生ボタンが押されて画面が切りかわり、録画されていたＮＨＫの番組が流れはじめる。第二音楽室にいた全員が、一言も発しないでテレビの前にあつまってきた。画面に映し出されたものを見て、私もようやく、発表されたものの正体をしる。

ＮＨＫ全国学校音楽コンクールというものがある。私たちは普段、Ｎコンと呼んでいた。日本放送協会と、日本教育音楽協会と、そして全日本音楽教育研究会が主催し、全国規模で開催される合唱コンクールのひとつだ。大会は夏から秋にかけて開催されるのだが、まずは七月末あたりに都府県地区コンクールがおこなわれる。

Ｎコンの特徴は課題曲の存在だ。課題曲と自由曲のふたつを合唱して審査されるのだが、課題曲は毎年、Ｎコンのために新しく書き下ろされる。全国の合唱部は三月末の発表の時期になるまでそれがどのような歌なのかわからない。ＮＨＫの番組内で課題曲が発表され、楽譜が販売開始になり、全国の合唱部がいっせいに練習をはじめるのだ。DVDに録画されていたのは、Nコン課題曲発表のための特別編成番組だった。まずは小学校の部の課題曲が発表され披露される。

「がまんできない。とばして、とばして」

「わかりました」

自分たちに関係のあるところまで早送りをした。

中学校の部、今年の課題曲は、『手紙~拝啓 十五の君へ~』という題名だった。混声合唱のバージョンと、女声三部合唱のバージョンがそれぞれ番組内で合唱される。その歌声、歌詞、メロディーに耳をすました。最後まで見終えると、歌の部分をくりかえし再生する。床にすわったり、椅子《いす》に腰かけたり、友だちと背中をくっつけて押したりしながら、私たちは好きな姿勢で課題曲を聴いた。私たちはこれからしばらく、この曲を練習するのだ。

廊下でだれかがはしゃいでいる。その声が、かすかに第二音楽室まで届いた。修了式を終えて、教室はどこも綺麗《きれい》に片付けられている。一年間、使用した教室には、もうもどってこない。四月に登校するとき、一学年上の教室に私たちは行かなくちゃならない。三年生の教室の窓からはどんな景色が見えるだろう。開けはなした窓から、海をわたってきた風が入ってくる。


私たちは五島《ごとう》列島という場所に住んでいる。

五島列島は長崎県西部の海に密集する百四十ほどの島の総称だ。比較的おおきな島が五つならんでおり、その周辺に中小の島々が点在している。島の海岸線は複雑なリアス式海岸で入り組んでおり、もしも海中をどこまでもクリアに見ることができたなら、五島列島は、海の底にそびえている連なった山の頂《いただき》の部分であることがわかるだろう。山頂のあたりだけが点々と海面に突きだしているというわけだ。ちなみに五島列島というのは学問的な呼び名で、普段の会話では五島と呼んでいる。

百四十も島があるけれど、人の住んでいる島はそのうち三十ほどである。その三十の島に約七万人が住んでいる。私たちが暮らしているのは比較的おおきな島だ。コンビニもあるし、スーパーマーケットもある。フェリーや高速船の発着する港がいくつかあり、長崎港、佐世保港、博多港と航路でむすばれている。長崎港や佐世保港まではフェリーで二時間半ほどかかり、博多港までは六時間以上の距離だ。

島内には書店も洋服屋もCDショップも雑貨屋もあるにはある。しかし品揃《しなぞろ》えは島の外にはかなわない。家族や親戚の大人たちといっしょにフェリーで九州本土まで行き、ここぞとばかりに服や雑貨を買い込むのが至福の時間だった。

今日は給食がなかったので、私たちのおなかの音が合唱をはじめてしまい、課題曲に集中できなくなった。テレビとDVDプレイヤーの電源を切り、午後二時には第二音楽室を後にする。外に出て、春が間近にせまっていることを、風のあたたかさでしった。

「この前の送別会、たのしかったねえ」

辻エリが自分の自転車をひっぱりだしながら言った。私は徒歩通学だったが、自転車通学の辻エリと校門を出るまでおしゃべりをするのが好きだった。

卒業していく合唱部員の先輩たちを送り出すため、学年末試験のすこし前に、友人の家が経営しているカラオケパブのような店でお祝いをした。送別会というのはそのことだ。ジュースとお菓子だけで何時間も盛り上がった。おかげで試験は地獄を見たけれど。

「エリ、ケータイで写真撮っとったよね？　送ってよ。私が撮ったぶんも送るけん」

その場で写真を相手の携帯電話に送りあう。ほそい銀縁メガネをかけた少女がねむそうな目で写ってしまっている写真をわざわざ見つけだしてメールに添付した。実にひどい写りだった。送信された画像を見て、辻エリは神妙な顔をする。

「今日で終わるのは、三学期だけじゃなかったみたいね。私とナズナの関係もやね」

「あ、ごめん、送る写真まちがった」

「わざとやろーがー」

辻エリからもメールが届く。添付された画像は、私と松山先生がならんで写っているものだ。松山ハルコ先生は、三十歳の女性音楽教師で、合唱部の顧問をつとめてくれている。やさしくて、一度も怒ったことがない、仏様のような人だ。

「おなか、もうあきらかにふくらんどるねえ。この写真でもわかるばい」

出産予定日は八月だと聞いている。新年度から一年間、出産と育児のため休職することになっていた。

「先生がおらんごとなったら、合唱部はだれが面倒ば見ると？　なんか聞いとらんと？」

合唱部全員が気になっていることを私はたずねてみる。

「ちらっとだけおしえてもらったばい」

「なんでだまっとったと⁉」

「秘密ち言われたもん」

「真面目！　だれが面倒みてくれると？」

「先生の中学時代の同級生て言いよったばい。音楽教師の免許ばもっとるらしいけんね。今は東京におるとって」

東京という場所は、テレビ画面や雑誌の写真でしか見たことがない。松山先生は五島列島の出身だから、中学の同級生ということは、その人もこの島の出身者なのだろうか。

校門を出るところまで、辻エリは自転車を押してあるいた。私に別れのあいさつを口にしながら、自転車のカゴからヘルメットを取り出して頭の上に装着する。自転車通学者は、全員、ヘルメットの着用を義務づけられていた。このヘルメットが実に野暮ったい。ある程度おしゃれに目覚めた女子は、学校周辺でのみヘルメットをかぶり、教師の目が届かないところまできたらすぐさま頭の上からどけて自転車のカゴへほうりこむ。しかし真面目な性格の辻エリのことだから、帰宅するまで装着したままなのだろう。ヘルメットのベルトを顎《あご》の下でパチンと留めると、彼女は学校の石垣にそって道をすすみ、やがて見えなくなった。

昼下がりの日差しが、背の高い樹木の枝葉をすかして、道にまだらもようの影をつくっている。風がふくと、ゆっくりとその影がゆれうごいた。私もまた、かつて城の石垣だったものにそってあるきだす。

五島列島でもっとも広い面積を持つ福江島《ふくえじま》に、五島高校という学校がある。城の跡地に建っているため、かつての城門が校門として利用されている。同様に、私の通っている中学校もまた、城の跡地を利用して建てられていた。こちらはメディアに紹介されたこともほとんどないため、世間の認知度は低く、観光客がおとずれることも滅多にない。

石垣にそってあるくと、ヤシのならんだ海沿いの道に出て、磯のかおりがただよってくる。青い空の下、佐世保港にむかう高速船がずっとむこうに見えた。

＊＊＊

四月に入り、体育館で始業式がおこなわれ、校長先生が臨時の音楽教師を紹介した。その人は柏木《かしわぎ》という苗字《みようじ》で、凜《りん》としたたたずまいは大勢の目にやきついたことだろう。背が高く、すらっとした輪郭に、腰まである長い黒髪が印象的だった。柏木先生は僕たちと同様に五島列島の出身だった。用事がなければ行くこともほとんどないようなちいさな島に住んでいたという。

「一年間だけのつきあいですが、よろしくおねがいします」

柏木先生は学校内の注目の的だった。午前中、眠気で目をこすっていた男子生徒は、先生の輪郭を前方に見つけると、できるだけ長い時間、視界のなかへとどめておくために目をこするのをやめた。おそらく嫉妬《しっと》によるものだとおもうが、何人かの女子からは早くもきらわれていたけれど、その何倍もの女子生徒が先生をあこがれの目で見ていた。

音楽の授業は基本的に第一音楽室でおこなわれる。柏木先生の主要な活動場所はつまり音楽室であり、一日に何度もそこと職員室を往復していた。先生に心をうばわれた男子生徒の何人かはそのルートを調査し、何曜日の何時何分に先生が通りすぎるのかを割り出して、先生の横顔と黒髪がゆれるさまを見学しに出かけていた。

僕がそういう遊びに参加することはなかった。自分には関係のないことだ。休み時間はもっぱら、机にふせて寝たふりをしている。

あたらしい年度になり、クラス替えがおこなわれても、一学年二クラスしかないため顔ぶれにほとんど変化がない。朝から夕方までひとりで過ごし、クラスメイトと言葉を交わすこともない。いわゆる、ぼっち状態である。ぼっち状態とは、説明するまでもないけれど、ひとりぼっちのことだ。僕は、ぼっちのプロであり、修学旅行でも、体育で二人組をつくれと言われたときも、いついかなるときも、ぼっち状態をすばやく完成させてきた経歴をもっている。

たまに話しかけられることがあり、そのようなときは声が出なくてあせった。頭のなかが真っ白になり、どのような返事をすればいいのかわからず、言葉が喉《のど》の奥でつっかえてしまう。かんたんな受け答えもまともにできないまま、会話のあとで自責の念にさいなまれてしまい、顔を真っ赤にして家に帰るのが常である。

朝に学校へ来て、授業を受け、放課後になればまっすぐに帰宅するという一日のくりかえしで僕の生活は成り立っていた。部活でもしていれば日常に変化があったのかもしれない。しかし、ぼっちをこじらせてしまった僕に、はたして部活などというものができるだろうか。それに、家庭の事情で放課後は早めに学校を出なくてはいけないのだ。

「あれって、柏木先生じゃない？」

ある日の放課後、一階の廊下をあるいていたら、そんな声が聞こえてきた。帰りのホームルームが終わって、借りていた本を図書室にもどし、下駄箱にむかっている最中のことだ。声を発したのは見知らぬ男子生徒で、彼は連れの友人らしき男子といっしょに中庭を見ていた。

「ならんでるやつらはなん？」

「合唱部じゃない？」

校舎にはさまれた中庭に、制服姿の女子生徒十人が整列していた。そばに柏木先生の姿もある。

「あの先生、合唱部の顧問ばしよっとばい。松山先生のかわりやもん」

「そういえば、今日なんかやるって、掲示板にはっとったねえ」

この時期、各部活動が色とりどりのマジックで勧誘イベントの告知をはりだしていた。新入部員を入れるため、各部活動が様々な催しをおこなっている。運動系の部活は試合をやっていたし、茶道部はお茶会をひらいていた。掲示板にはりだされた告知のなかに、合唱部のはり紙もたしかあったはずだ。

「今から歌うと?」

何人かの生徒が、中庭に面した窓にあつまってくる。そもそも生徒数のすくない学校だから、人数はそれほどおおくはない。男子生徒のほとんどは、柏木先生の姿を見たくて窓辺にいるのかもしれない。

合唱部員たちは、はずかしそうにしていた。頭をかいたり、照れくさそうにうつむいたりしている。となりに立っている女子部員の肩にかくれている人もいる。左端あたりに長谷川《はせがわ》コトミの姿を見つけた。

長谷川コトミ。

中学一年のとき、授業中に消しゴムをひろってもらったことがある。

「合唱部? そがんとあったっけ?」

「しらんやったよねえ」

「ならんで歌うって、ちょっとださかね」

窓辺にひじをかけて女子数名がささやいている。上履きのラインの色から新入生だとわかった。

柏木先生が部員の前にすすみ出る。校舎の窓にならんでいる顔ぶれを見まわし、かるくおじぎをした。どうやら先生が指揮をするらしい。先生の足もとに小型のCDラジカセが置かれている。かがんでそのラジカセを操作した。音楽が再生されはじめたものの、その音は貧弱で、ほとんど聞こえてこない。ラジカセの音よりも、窓辺にならんだ女子生徒たちのおしゃべりのほうがにぎやかだ。手をたたき、わらいながら友だちと話している。女子だけではない。男子生徒も、友だちを窓から突き落とすふりをして、ふざけあっている。だれも合唱なんて興味はないらしい。僕はその場をはなれ、下駄箱のほうにむかいかける。最後に長谷川コトミのほうを見ようと、中庭に目をやって、ふと足を止めた。

合唱部員たちの様子が変化していた。さっきまでばらばらにうごいて、はずかしそうにしていた部員たちが、ぴたりと静止し、背筋をのばして立っている。まるで別人にでもなったかのようだ。一切、ゆらぐことがない。力が入っているようでもなく、力が完全にぬけているようでもない。手をたらして、ただ、まっすぐな、無駄のない立ち姿だった。空気が変わった。雑音のなか、合唱部員たちの周囲にだけ、しずかな気配が満ちる。

柏木先生が腕をふる。さざなみのように声がひろがった。それは声というよりも、あたたかい水のようだった。幾重もの声がかさなって、渾然《こんぜん》一体となり、だれのものでもない歌声となる。整列した女子生徒を中心に、音楽があふれだし、校舎にはさまれた中庭に満ちていく。歌いはじめのとき、窓辺でおしゃべりをつづけていた生徒たちは、いつのまにか無言になり、全員が中庭の合唱部員たちを見つめていた。

＊＊＊

柏木先生とはじめて言葉を交わしたのは、中学三年生になった初日のことである。その日、二週間の春休みの余韻が抜けきらず、ぼんやりする頭のまま海沿いの道を登校した。朝の光が、白い小型船舶のならんだ波止場にふりそそいでいた。

重厚な木製の柱に瓦葺《かわらぶ》きの屋根という、かつて城門だった入り口を抜けて校舎にむかう。校庭の桜は満開で、ポップコーンがはじけたように花を咲かせていた。外の掲示板に人だかりがあった。新年度クラス分けの名前がはりだされているのだ。うちの中学校の全校生徒数は約百五十人で、一学年はふたつのクラスにわけられる。掲示板の前で自分の名前をさがした。四人いる合唱部三年生部員のなかで、私だけが三年一組、のこりは三年二組だった。ため息をつきながら校舎入り口にむかっていると、第二音楽室の窓に人影が見えた。みんなであつまって雑談しているのかもしれない。上履きに履きかえてそちらにむかった。

第二音楽室にちかくなるとピアノの音が聞こえてくる。CDラジカセの音ではない。だれかがグランドピアノを弾いているようだ。聴いたことのない曲だった。音楽のじゃまをしないよう、そっと引き戸を開ける。ピアノを弾いている女性の後ろ姿があった。合唱部の部員ではない。鍵《けん》盤《ばん》をたたく手元がすこしだけ見えたのだが、魔法でもかけられたみたいに指がうごいている。鍵盤がなめらかに波うち、音を発していた。ふと、指がとまり、音の余韻をのこしながらその人は演奏をやめた。私のいる気配がしたのだろう。ふりかえったその顔は、見覚えのないものだった。

「すみません」

私は頭をさげる。演奏の邪魔をしちゃったなという気持ちだった。

「いいよ、今の曲、あそこから先は存在しないから」

と、その人は言った。

「はあ……」

どういう意味かはよくわからなかったが、とにかく息を呑《の》むくらい、きれいな人だった。ピアノの蓋《ふた》を閉じながら、その人はたちあがる。身長が高いのに、肩幅や腰回りがほっそりしていた。さらさらの黒髪がゆれると、窓からさしこむ光を照り返し、シャンプーのCMかなにかのようだ。先生だろうか。しかし、こんな人と校舎内ですれちがったことはない。

「三年生?」

その人が私の上履きを見て質問する。私はうなずいた。上履き側面に入っているラインの色は学年ごとに異なっている。この色は入学したときから三年間変わらないため、学年が上がったからといって上履きを買い換えるひつようはない。

「音楽室に用事?」

「いえ、友だちが、ここにいるんじゃないかとおもって。自分、合唱部だから、ここによくいるんです」

「あ、そうなんだね。よろしく」

なにがよろしくなのか、よくわからないけれど。

チャイムが鳴り、私たちはそれぞれ、はっとした顔をする。

「職員室に行かないと」

その人はピアノのそばに置かれていた鞄《かばん》をつかんで肩にかける。

「行こうか。生徒も、ホームルームでしょう?」

二人で音楽室を出て廊下をあるいた。その人は、手首まである長袖《そで》に、足首まであるような長いスカートという服装だった。階段のあたりでわかれて私は三年一組の教室にむかい、その人は職員室のほうにあるいていった。

三年一組の教室に入っても、さほど新鮮な感じがしなかった。一学年が二クラスしかないため、ほとんど全員が顔見知りである。担任教師も昨年とおなじだった。朝のホームルームが終わり、体育館でおこなわれる始業式に参加するために移動したら、さきほどピアノを弾いていた女の人がいた。遠くからでもその人はよく目立っていて、だれだろうという表情で生徒たちはちらちらと彼女のほうをふりかえっていた。やがて校長先生がその人を紹介し、松山先生の代替教員であることを私はしる。

始業式が終わり、その日は解散だった。第二音楽室で合唱部の友人たちと春休みの話でもりあがっていたら、アホの後輩こと福永ヨウコが「号外でーす！」と言いながら引き戸をいきおいよくバーンと開けた。

「どうして小学生がこがんとこにおると？」

代表で私があしらうことになる。

「おわすれですか、ナズナ先輩。二年生に進級した福永です」

「小学二年生？」

「中学二年生です！」

しかし彼女は身長も顔立ちも小学生にしか見えない。

「号外ってなん？」

「松山先生がいらっしゃってます」

開きっぱなしの入り口のむこうに、おなかのおおきな松山先生があらわれた。

「先生！」

私たちは口々にさけんで松山先生のもとにかけよる。いつもの見なれたやさしい顔に私たちはほっとした。

「先生、おなか、すごかねえ！」

「もっとすごくなるよ。こんなの、まだプロローグなんだから」

私たちは松山先生にくっついて、丸みの出てきたおなかを全員でさすりはじめる。脂肪のついたおなかのようにやわらかくはない。内側に水がつまったようにぱんぱんにはっている。

「まるでNHKの番組で子どもたちにかこまれてる着ぐるみのようだぞ、ハルコ」

すこしはなれたところから声をかけられる。代替教員の柏木先生が、腕組みをして、ほほえましいものを見るような顔つきでたっていた。

「ハルコち言わんでよー。学校じゃ松山先生ぞ！」

「あ、そうか、ごめん」

「まあよか。入って、入って」

松山先生は柏木先生を第二音楽室にまねきいれる。室内の空気の色が、美人のオーラですこしだけ変化する。福永ヨウコなどは、うっとりしたような目で柏木先生を見ていた。

「こちらは柏木先生。私が休んどる間、臨時の音楽教師ばたのんだと。しばらくはこの人が顧問やけんね。みんなでなかよくNコンば目指してね」

松山先生の提案で、柏木先生を囲んで雑談することになった。交流をふかめる意味合いがあったのだろう。始業式で校長先生も説明していたが、柏木先生は高校まで五島列島で生活し、音楽大学のピアノ科への進学をきっかけに上京したという。こんな容姿で、スタイルも良くて、そんな経歴だなんて、私たちから見たら別次元の存在だ。着ている服もなんだかオシャレだ。はたして、こんな人とうまくやっていけるのだろうか？

「音大を出た後も、東京ですこしだけ活動してたんだ。ほんとうに、すこしだけね」

柏木先生の言葉は、方言の抜けきった標準語である。

「活動って、具体的にはどがんことです？」

長谷川コトミが質問した。彼女は私と同学年の三年生で、幼稚園の先生になるのが夢の、博愛精神に満ちた美少女である。

「たまに、結婚式の会場で弾いたりとか、その程度だよ。ほとんどニート。音大出のニート」

「この人、謙遜《けんそん》しとるとよ。オーケストラで弾いたりとかもしとるとよ」

松山先生がフォローを入れる。しかし柏木先生は首を横にふった。

「人間関係がいやになって、もうやめたよ。それからしばらくはひきこもって、家でWiiをする日々だったよ」

「で、でも、この人のピアノ、すごかとよ！　中学時代、神童ち呼ばれとったもん！」

「昔の話だ。今はニートだよ。Wiiリモコンをふりつづける私を見かねて、ハルコが地元に呼びつけたってわけ」

私たちは、元神童で自称ニートの美しすぎる臨時教員を前にして困惑した。

給食がなかったので、練習せずに解散することにした。全員で駐車場に出て、松山先生を見送ることにする。先生はふくらんだおなかを運転席におさめてシートベルトをした。

「じゃあ、みんな、がんばってね」

運転席の窓をあけて松山先生は言った。

「【くちびるに歌を持て、ほがらかな調子で】ってね。それをわすれないで」

私たちがうなずくのを確認して、松山先生はエンジンをかけた。

車が校門を出て行くと、駐車場に合唱部と新しい顧問だけがのこされた。それまでは松山先生が間に入って会話をつないでいたけれど、これからは私たちと柏木先生がむきあって関係を築かなくてはならない。私たちは急によそよそしい気持ちになってしまう。全員、おたがいに視線をかわすばかりで、柏木先生に話しかけられないでいると、先生がぽつりとつぶやいた。

「じゃあ、おなかもすいたことだし、今日の活動はここまでだね」

「は、はい。おつかれさまでした」

新部長の辻エリが返事をする。私たちも「おつかれさまでした」と口々に言った。

荷物は第二音楽室に置いていたので、全員でぞろぞろと校舎にむかう。

「ハルコが別れ際に言ってた、くちびるがなんとかかんとかって、あれは何なの？」

柏木先生が辻エリにたずねる。

「松山先生の好きな詩の一部分です。たしかドイツ人の」

「へえ」

「【くちびるに歌を持て、勇気を失うな。心に太陽を持て。そうすりゃ、なんだってふっ飛んでしまう！】って、そんな感じの詩があるとです」

教師専用の駐車場に泥まみれの軽トラックがあった。だれが乗ってきたものだろうかと合唱部員のみんなで話をする。軽トラックの車体は乾燥した泥ですっかり汚れており、窓ガラスもワイパーで拭《ふ》ける部分だけがぎりぎり透明という状態だ。ペンキのはげた部分に赤さびがういており、ところどころにぶつけたような形跡がある。だれかがそこに乗り捨てたんじゃないかな？　などと私たちが推測を口にする。「ほとんど鉄くずばい」などと話していたら、「ごめん、それ、私のなんだけど」と柏木先生が、はずかしそうにうつむいて、頭をかきながら言ったので、私たちは全員でいっせいにあやまった。

＊＊＊

五島列島周辺の海域は水産資源の宝庫だと言われている。黒潮本流から分岐して北上する温暖な対馬《つしま》海流と、列島付近に発生する沿岸流との影響から、ブリ類、アジ、サバ類、イワシ類、アオリイカなどが獲《と》れるのだ。親戚にかまぼこ工場を経営している人がいて、五島近海で獲れた魚を加工している。我が家の食卓にかまぼこがよくならぶのは、おすそわけを大量にいただくからだ。かまぼこには食傷気味だけれど、工場を営む親戚には感謝していた。もしも身内でなかったら、兄を雇ってくれただろうか。

部活勧誘イベントのため合唱部が中庭で歌ったあと、自転車にまたがって僕は帰路についた。

海沿いの道を走って、いつものようにかまぼこ工場に立ちよる。敷地の駐車場には従業員の車が何台かとまっていた。原料の魚を冷蔵保存する巨大な倉庫と、魚をすり身にして加工する平屋の小屋と、そして一階が事務所になった親戚の住居が敷地にならんでいた。事務所の前に自転車をとめて、白いヘルメットを自転車のカゴにほうりこむ。工場勤務の兄、桑原アキオと合流して、家までの道のりをならんであるいた。

なだらかな斜面に家々が点在し、夕陽《ゆうひ》が海面にちかづいていくのを遠くに見ることができた。岬とそこに建つ灯台が、影絵のように塗りつぶされる。僕の押す自転車のタイヤが、からからと音をたててまわっていた。

兄はいわゆる自閉症というやつで、外見はふつうだけれど、中身は少々ふつうからずれていた。今年で二十歳《はたち》になるけれど、ひとりで工場までの行き帰りをした経験がない。兄はとにかく危なっかしい人なのだ。ひとりで外をあるかせたら、どこに行ってしまうかわからない。海に転落しておぼれたり、山に入って行方不明になったりしかねない。心配だから、朝と夕に中学校の登下校をかねて僕がおくりむかえをしていた。

「兄ちゃん、今日、おそくなってごめん」

「…………」

身長が高く、がりがりに痩《や》せている兄は、いつも表情がかわらない。

「サトルが……」

猫背気味にあるきながら、兄が口をほんのすこしだけ開いて、もごもごとつぶやいた。

「え？　なに？」

「サトルが……、来るまで……、事務所に……、おるとよ……」

「うん、そうよ。僕がむかえに来るまで、おじさんのところにおってね」

兄が口にした言葉は、工場を経営している親戚のおじさんが、常日頃から兄に言い聞かせていることである。兄は、どこかで耳にした言葉をふいに持ち出してきてくりかえす。というか、他人の言葉をくりかえす以外のことができなかった。自分の意思で言葉をくみあわせて文章をつくることがうまくできないのだ。なにかしら主張したいことがあると、テープレコーダーを再生するように、記憶していた言葉たちを口から発するのである。

あまり生活には役立たないけれど、兄は信じがたいほどの記憶力を持っていた。何年も前に聞いた家族の会話を十分以上にわたって再現したこともあるし、神父様の音読する難解な聖書を数ページにわたって再現することもできる。聖書の中身を理解しているわけではないけれど、おそらく五感に受けた何らかの刺激が、兄の記憶の保管庫を開けたとき、刺激に関連した言葉たちがひっぱり出されてくるのだろう。

「さっきまで、合唱部の歌、聴いとったっさ。ざぁーま、よかったばい」

僕はゆっくりと話す。

「ざぁーま、よかったばい……」

兄がもごもごとくりかえした。

兄のおきにいりのバス停が前方に見えてきた。通りすぎるときにじっとそれをながめる。そのバス停がもしもだれかのいたずらで別の場所に移動していたら、兄は混乱して、そこから一歩もうごけなくなるだろう。見慣れたものが、いつもとすこしでもちがっていると、兄は不安でたまらなくなるらしいから。

「合唱って、わかる？　みんなで、歌うとぞ」

「みんなで、歌う」

「教会で、歌ってるみたいに」

「教会で」

「聖歌隊みたいやったよ」

「みたいやった」

自転車を押しながら、傾斜した道を家の方向にのぼる。海側から照らされる僕たちの影が長くアスファルトにのびていた。車が横を通りすぎるとき、兄の肘《ひじ》にふれて注意をうながした。兄を誘導するときはいつも肘に触れる。兄のおくりむかえをするのは苦ではない。ゆっくりとした歩みで兄と話をするのは、僕のたいせつな時間である。僕が学校生活でぼっちの才能を開花させていなければ、放課後にクラスメイトから遊びにさそわれ、兄をむかえに行く時間がなかっただろう。まったく、あぶないところだったとおもう。

日曜日になると、教会でおこなわれるミサに家族全員で出席することがおおかった。キリスト教が日本中で弾圧されていた時代、五島列島を治めていた藩は比較的、クリスチャンに寛容な政策をとっていたらしい。そのため、大勢の隠れキリシタンが移住してきて現在に至っている。教会が建てられるようになったのは、明治政府が信仰の自由を許可して以降らしいが、築百年以上も経過した古い教会が島内にいくつものこっていた。今も日常風景のなかに溶けこんでいる教会は重要な観光名所にもなっている。

近所の教会では、カトリックの洗礼を受けた者のうち小学五年生から中学二年生の女子は聖歌隊に所属させられた。ちなみに男子は神父様の助手としてはたらかされる。神父様が手を洗うときの水や蠟燭《ろうそく》をはこぶのだ。教会には男子しか入れない場所があるから、そのような役割分担がのぞましいのだろう。兄はじっとしているのが苦手なので、ミサの最中、立ち上がってしまうことがあるけれど、全員が兄の事情をよくしっているから咎《とが》められることはない。兄は教会のステンドグラスが大好きで、色つきのガラスを飽きることなく何時間でも見ていられた。聖歌隊が歌い始めると、兄はじっと耳をすましていた。そのときの表情は純真無垢《むく》そのもので、神様の足音が聞こえているんじゃないかと想像させられた。

我が家は広いだけが取り柄の古い日本家屋である。玄関の引き戸をガラガラと開けて「ただいま」と僕が言うと、兄も「ただいま」とくりかえす。

数日前に近所の漁師さんからいただいた魚が今日も食卓にならんだ。最初は刺身だったが、翌日には焼き魚になり、今日の夕飯は煮魚である。もちろん、かまぼこも皿にもられている。我が家では畳の居間に低いテーブルが置いてあり、食事のときはそこに料理が置かれてみんなでかこむ。

「お母さん、兄ちゃんのコップどこやったー？」

兄のおきにいりのコップが見あたらない。こだわりがつよいから、いつものコップが見あたらないと兄はパニックに陥って泣き出すかもしれない。

「まって。まだ洗っとらんけん」

兄が大好きな図鑑を閉じて食卓の前に正座する。手をあわせて、その場にあるものを食べ始める。父はすでにビールを飲んでごろりと横になり、テレビを見ながらかまぼこを食べている。それが我が家の夕飯どきに見られる光景だった。

午後十一時。漫画を読んでいたら、眠気がおしよせてきて、布団にもぐりこむ。部屋をまっ暗にして、ラジオを聞きながら暗闇《くらやみ》を見上げた。眠る直前、ふと、合唱部のことをおもいだす。正確には、ソプラノを歌っていた少女のことだ。

この前のクラス分けで長谷川コトミとは別のクラスになった。きっとむこうは、僕のことなんておぼえていないだろう。

中学一年の二学期、長谷川コトミの席は、僕のすぐ後ろだった。目がおおきくて愛くるしい顔立ちの少女は、口調もおだやかで、おっとりしていて、虫も殺せないような女の子という印象で、男子からも女子からも先生たちからも愛されていた。掃除の時間、みんながいやがるような雑巾《ぞうきん》での拭き掃除を率先してやっていたし、だれかの悪口を言うことも絶対にしなかった。クラスメイトたちが嫌いな先生の身体的特徴をわらっているときも、彼女だけは困ったような表情をするだけで参加することはなかった。その先生が廊下に書類をぶちまけてしまったとき、立ち止まっていっしょにひろってあげたのは彼女だけだった。いつもにこにこしていて、彼女の周囲には、神聖な雰囲気がたちこめていた。博愛精神がにじみ出ているのだ。天使がこの世にいるとしたら、きっと長谷川コトミのような姿をしているのだろう。

眠る直前に長谷川コトミのことをおもいだすのは、彼女に話しかけられたとき、懸命に僕が寝たふりをしていたからにちがいない。ある日の休み時間のことだ。後ろの席から、長谷川コトミのひとりごとが聞こえてきたのである。

「眠か……。頭がぼんやりする……」

そのとき僕は、自分の机にふせて腕のなかに顔をうずめていた。話し相手のいない手持ちぶさた感や、ぼっちであることの気恥ずかしさを周囲にさとられないための作戦である。

菊池《きくち》君という男子生徒のさわいでいる声が聞こえてきた。彼は活発で声がおおきい。教室をかけまわっている様子が目を閉じていてもつたわってくる。

僕の存在は教室で限りなく透明にちかいものだったし、寝たふりもしていたから、そこにいないものとして長谷川コトミの警戒心が薄らいでいたのだろう。つい彼女は油断してつぶやいてしまったのだ。

「菊池うぜー……、うるせー……、死ね……、殺すぞ……」

低い声だった。その言動は普段の彼女の天使みたいなイメージにそぐわなかった。寝たふりをしながら、今のは僕の幻聴だろうかとかんがえる。

「……私、声に出しとった？」

僕はかたくまぶたを閉じて、すーすー、と寝息を乱さないように心がけた。

心臓のうごきがはやくなる。ほんとうは起きているのだと、さとられてはいけない気がした。

「……聞こえとった？」

後ろの席から、小声でささやかれる。

「ねえ、聞こえとったとやろ？　寝とらんもんね？　桑畑《くわはた》くん、やったっけ……？」

桑原です。そう返事をしたかったけれど、ぴくりとでもうごいてしまったら、ひとりごとを聞いていたのがばれてしまう。僕は鈍感なほうだが、さっきのはしらないふりをしてあげたほうがいいんじゃないかと気づいていた。

「聞いたとやろ？　ねえ、み、みんなには言わんでね……」

二学期の衣替えがおこなわれる前だったから、白い薄手の制服を着ていた。脇汗がにじんでいないことを、机に突っ伏した状態で祈った。いっそのこと、ほんとうの眠りについてしまいたかった。

「みんなには言わんでよ、だって、そういうキャラでやっとらんけんね……。もしも、噂《うわさ》がひろまっとったら、ゆ、ゆるさんよお……」

いつもほほえみをたやさず、だれの悪口も言わず、天使のようだった性格は、長谷川コトミによって演出されたものだったのではないか。僕はかたくまぶたを閉じたまま、こわくて泣きそうになる。この世には神も仏もいないのか。カトリック信者だったけど、信仰心がおおいにゆらいだ。我が家がカトリックに入信したのは人づきあいの延長みたいなもので、もとから信仰心はうすかったのだけど。

「ほんとうに寝とると……？　ねえ……、寝たふりじゃなかと……？」

そのとき男子の集団がやってきて、長谷川コトミに話しかける声がした。「長谷川さーん」と呼びかけられて、「はーい」と返事をする。さっきまでとちがって、鈴が鳴るような、高音のかわいらしい声だった。普段、教室で耳にする彼女の声にもどっている。彼女のまわりに人があつまってきて、その集団とともにどこかへ行ってしまう気配があった。しかし気を抜かずに、チャイムが鳴って先生がやってくるまで寝たふりをつづけた。

次の授業がおこなわれている間、ずっと背後から彼女の視線を感じていた。気のせいかもしれないが、首の後ろを凝視されている気配があったのだ。それに気を取られて、消しゴムを床におとしてしまった。足もとではねて、後ろのほうにころがっていき、それを長谷川コトミが、きれいな指先でつまんでひろいあげた。

制服の白い袖から、ほっそりした腕がのびている。後ろの席から、彼女が消しゴムを差し出した。無言である。授業の邪魔をしてはいけないと配慮したのだろう。僕もまた言葉を発することなく会釈してそれを受けとる。ちらりと彼女の顔を見た。長谷川コトミは、目をほそめて、にっこりとほほえんだ。それ以来、一度も話をしたことはないけれど、たぶん僕は彼女のことが好きになった。

＊＊＊

部員勧誘のために中庭で歌ったおかげなのかどうかはよくわからないけれど、翌日の放課後、三名の新入生が第二音楽室をたずねてきてくれた。いきなり入部するというわけではなく、まずは練習を見学したいとのことだ。全員が女子である。私たちの上履きはくすんでいたけれど、新入生の上履きはまぶしいくらいに真新しかった。なかには吹奏楽部と合唱部、どちらにしようかとまよっている子もいる。

「うちにきて、たのしかけん」

「顧問の先生も美人ばい、先輩が勉強ばおしえてくれるし」

私と福永ヨウコは、いかにもたのしそうに見学者のまわりをスキップしてみせたが、いまいち反応はうすかった。このままでは入部届を出さないまま逃げられてしまうとおもい、この日のために福永ヨウコと練習していた漫才を披露してみたのだが、笑い声が聞こえてくることは最後までなかった。

「そうだ！　今、入部せれば、部長がかわりに宿題ばやってくれるばい！」

すこん、と私の頭をだれかがこづく。福永ヨウコにしてはいいツッコミだなとおもったら、部長の辻エリが背後にたっていた。

「勝手な約束せんで！」

しかられていると、柏木先生がやってきて、見学者たちの顔がひきしまる。

「じゃあ、発声練習やるよ」

柏木先生がピアノの準備をしながら言った。

「先生、準備運動がまだです」

辻エリが手をあげる。いつもやっている一日の練習の流れは、準備運動、発声練習、パート別の練習、そして最後に全員での合唱というものだった。

「今日はいいよ、さっさとやろう。きみらは、その辺にすわって気楽にしてて」

見学している三名の新入生にむかって柏木先生が声をかける。

私は辻エリに耳打ちした。

「先生は見せんつもりじゃないと？」

「え？」

「いきなり私たちが床にねそべって腹筋しはじめたら、あの子たち、入部ばためらうけんね。合唱部に入ったら、きつかことさせられるって。だから、そういうのすっとばしたっちゃないと?」

「はあ、策士やねえ」

辻エリはあきれたような顔をする。

いい声を出すには、いい息を出さなくてはいけない。いい息を出すには体をほぐすひつようがある。また、強い息を発するための筋力もそれなりにほしい。だから発声練習の前には、音楽室の床に寝転がって腹筋運動をするのだ。夏場などは汗が大量にながれるため、体操服に着替えなくてはいけないほどである。それを目にした新入生が逃げていかないようにと、先生は準備運動をとばしたのではないか。

柏木先生の伴奏で発声練習がはじまる。ピアノのリズムにあわせて全員でいっせいに「すー」と息をはきだしたり、「あー」と声を出したりする。「まーりーあー」と声を出すこともあれば、「まーまーまーまーまーまー」と声を発することもある。

それにしても、なぜ発声練習のときに「まーまーまーまーまー」と言うのだろう?

以前、そのような疑問を口にしたところ、松山先生がこたえてくださった。おそらく、母音《ぼいん》の「あ」と子音《しいん》の「m」の組みあわせがいいのだろう、とのことだ。

「あ」は母音のなかでもニュートラルな存在である。声というものは、母音の「あ」を基本に、「い」「え」の系統と、「う」「お」の系統にわかれているらしい。ほんとうは系統ごとに練習のやり方もちがってくるのだけど、ひとまず基本の「あ」を練習してさえおけば全体的にだいじょうぶだよということらしい。

また、子音の「m」や「n」は、声を出す前に口のなかで音が醸成されるような溜《た》めの時間がある。声帯が音を発する直前に一瞬の間があるため、声帯の状態をととのえながら発声練習できて、いい声を出しやすい子音なのだ。ちなみに、子音の「l」や「r」にもすこしだけ溜めの時間があり、おなじような効果があるという。ついでにこちらは舌先をつかって発音するから舌の運動にもなるそうだ。「まーりーあー」と発声練習するのは、合理的にかんがえられた結果なのかもしれない。

発声練習を終えると、ソプラノ、メゾソプラノ、アルトのパート別にわかれた。第二音楽室と、おとなりの技術室、そして生徒数減少のために使用されなくなった空き教室でそれぞれのパートを練習する。練習場所は一日おきに交代し、第二音楽室で練習するパートは柏木先生がピアノで指導してくれる。それ以外のパートはCDラジカセをつかっての音あわせだ。

パート別の練習がおわると、最後に全員であわせて歌うのだが、その前に十分ほどの休憩がはさまれた。

「これまでのところで、なにか質問ある?」

休憩中に柏木先生が三名の見学者にたずねる。そのうちのひとりが、おずおずと返事をした。

「さっき練習されていた曲はなんですか?」

「コンクールの課題曲なんだ。Nコンってしってる?」

三名とも首を横にふった。合唱未経験者なのかもしれない。

「実は私もしらなかったんだ。Nコンっていうのがこの世にはあるらしくってねえ……」

柏木先生が説明をはじめる。

「毎年、女の子ばっかりやね」

同級生の横峰《よこみね》カオルが私のとなりに来て、見学者の三名を見ながら言った。彼女は日焼けした女の子で、陸上部と合唱部をかけもちしている。一年生のとき、辻エリが作成した期末試験対策ノートを写させてもらうために入部し、そのまま居着いていた。現在、四人いる三年生部員のうちの一人だ。

「それがよかとって。男子部員とか、必要なか」

入部をことわっているわけではないが、うちの合唱部にはずっと男子部員がいない。女子ばかりの部活に入るのは男子にとってハードルが高いのだろう。

「でもさ、混声合唱やってみたいておもわんと?」

「いやだ。男子とか、くさいけん、すかん。すれちがったら、もわって、におうとぞ。あれって、なん?」

「でも、それがよかとって」

「カオル、あんた、変態やったとね。陸上部とかけもちしとるとは、汗かいた男子部員にちかづくためやったと？」

「よし、ちょっとそこばうごかんで！　今からなぐるけん！」

ふざけあってわらいながら、ふと、合唱部に男子が入部する場面を想像する。この第二音楽室が、男子に汚染されるかとおもうとぞっとした。

合唱部には二種類ある。

女子しかいない合唱部と、女子と男子の両方がいる合唱部だ。

前者は女声のみの合唱になるから女声合唱を、後者は女声と男声による混声合唱を演奏することになる。女声合唱と混声合唱では楽譜も異なっており、Nコンの課題曲も二種類の楽譜が発行されていた。男子部員がいるか、いないか、というのは、合唱部にとって重大な別れ道なのだ。

私は女子しかいない今の合唱部と、そこで奏でる女声合唱の響きが気に入っていたので、ずっとこのままでいいとおもっている。むしろ男子に入部されたら迷惑だ。それまでやっていた女声合唱を捨て去り、編成を根本から見直さなくてはならない。

「でも、男子のにおいは、お父さんの加齢臭にくらべたら普通ばい。どうってことなかよ」

「似たようなもんじゃなかと？」

「ナズナのお父さんは？　くさくないと？」

「どうやったかなあ……。最後に会ったの、ずいぶん前やけんねえ」

「あ、そうか……」

横峰カオルは、しまった、という顔をする。気まずい沈黙が数秒ほどつづいた。

ありがたいことに、そのとき、柏木先生の声がひびく。

「再開するよー！」

休憩時間がおわり、ちらばって雑談していた合唱部員たちがあつまってくる。練習のクライマックスは全員での合唱だ。前後に二列、横並びになって私たちは歌う。たまに伴奏を中断して柏木先生が辻エリにおずおずと質問する。

「部長、今のところ、どうおもう？」

辻エリは銀縁メガネを光らせて、さきほどの歌声がどのようにダメだったのかを指摘する。柏木先生は合唱の指導に不慣れなため、辻エリが歌い方のポイントをみんなに教えるというパターンがおおかった。かといって、柏木先生は何もしていないわけではない。たまに合唱を録音し、それを松山先生のところに持っていって意見をもとめているらしい。

まだ課題曲の練習ははじめたばかりで、舗装されていないでこぼこ道のようなものだった。これから本番にむけてすこしずつ調整していかなくてはならない。私たちが歌をどのように理解しているのかがためされる。ばらばらの個人の意思を、ひとつの方向にまとめていかなくちゃならないのだ。

翌日、三人の見学者は、柏木先生のところに入部届を持ってきてくれた。本来ならよろこぶべき事態であるが、ちょっと予想していなかったことがおきてそれどころではなかった。
その日に提出された入部届が、ほかにも二枚ほどあったのだ。
入部届に書かれていたのは、男子の名前だった。

＊＊＊

午後の短い休み時間にその出来事は起こった。トイレへ行き、三年一組の教室にもどってみると、僕の席に男子生徒が座っていたのである。その人物は向井ケイスケという三年二組の生徒だが、友人とおしゃべりするためにこの教室までやってきたのだろう。僕のとなりの席の三田村《みたむら》リクと話しこんでいる。座っておしゃべりをするため、主《あるじ》のいない席をちょっとだけお借りするという、教室ではよく見かける風景だった。

トイレなんて行かなければよかったと、後悔して教室の入り口に立ちすくむ。このようなときにどうすればいいのか、ぼっち街道を爆走している僕にはわからないのである。たとえば「そこにすわりたいとけど、ほかにも空いとる席があるから、そっちに移動してもらえん？」なんて言えやしない。立ち退《の》きをせまられたら相手が不愉快におもい、それをきっかけにいじめられるようになるかもしれないではないか。そもそも登校してからまだ一言も声を発していないのだ。ほぼまちがいなく、かすれて裏返ったような変な声になり、はずかしいおもいをするだろう。

自分にできることは、彼がおしゃべりに飽きて、別の場所に移動するのを待つことだけだ。教室の後方に一人で突っ立っているわけにもいかないから、もう一度、トイレにでも行こう。廊下に出ようとしたら、入れ違いに教室へ入ってこようとする女子生徒とぶつかりそうになった。

「あ、ご、ごめ……」

あやまろうとして、やっぱり声が出なくてかすれ気味になる。その女子生徒はおなじクラスの仲村ナズナという名前で、長谷川コトミとおなじ合唱部だった。一学年が二クラスしかないような人数であるため、三年生にもなれば、話したことのない相手でも、なんとなく名前くらいはしっている。仲村ナズナはそのとき、すさんだ目つきをしていた。僕を一瞥《いちべつ》しただけで何も言わず、のしのしと教室を横切る。のしのしという表現をしたけれど彼女がふとっているわけではない。彼女が肩をいからせていたから、そう見えたのだ。

「ケイスケ、あんたに話がある」

仲村ナズナは、僕の席を無断借用している向井ケイスケにちかづいた。向井ケイスケは、同学年のなかでも特に身長の高い男子生徒だ。部活には入っていないらしいが、運動神経が良く、体育の授業で活躍している場面をよく目にする。彼は笑顔で仲村ナズナにむきなおる。

「ちょうどよかった、俺も話があったっさ。部活のことやけど……」

「どういうつもり」

彼女は腕組みして直立した状態から向井ケイスケを見下ろす。椅子に座っている彼と、立っている仲村ナズナの目線の高さは、ほんのわずかな差しかないけれど。

成り行きから目が離せなくて、僕は教室の入り口にとどまった。教室内はそうぞうしかったけれど、二人の会話がなんとか聞こえてくる。

「なんだ、もうしっとると？　俺らが合唱部に入ったこと」

向井ケイスケは、さきほどまで話をしていた三田村リクの巨大な肩をたたく。巨漢の三田村リクは柔道部に所属しており、制服の襟元《えりもと》や袖から見える体は筋肉につつまれていた。

合唱部、という言葉が向井ケイスケの口から出てきて僕はおどろく。

「これから、よろしくな」

向井ケイスケが明るく言ったその直後、仲村ナズナが、彼のすわっている椅子の足をつま先で蹴飛《けと》ばす。

「やめろって！」

彼女が何度も蹴るので、彼はついに立ち上がる。

「なんで合唱部に入ったと？」

「歌いたかけんに決まっとろうが」

「は？　歌いたか？　なんか、たくらんどるっちゃない？」

「たくらんどらん！」

仲村ナズナは、向井ケイスケが座っていた椅子を蹴飛ばす。今度は彼の体重がかかっていないため、がたっ、と騒々しい音が出る。さっきから蹴られているかわいそうな椅子が、僕の椅子だということをわすれてはいけない。

「だって、おかしかやろ、いきなり合唱部に入るって」

「俺たちが入部しちゃいけんって規則はなかぞ。柏木先生に聞いたばい、男子でも入部していいんですかって。なあ?」

向井ケイスケは、三田村リクに同意をもとめる。

「おう。男子でもいいち言われたぞ」

岩石が言葉を発しているかのような野太い声で三田村リクがうなずく。

「合唱の経験がなくてもだいじょうぶって。なあ?」

「おう。素人《しろうと》でもいいって」

向井ケイスケと三田村リクは、話をしながら目を閉じる。

「柏木先生、あいかわらずきれいかったぞ。なあ?」

「おう。極上ばい」

彼らが柏木先生のことを慕っており、その姿をひと目でも見るために校舎を奔走《ほんそう》しているのは有名である。

「あんたたち、まさか……」

仲村ナズナは、二人をにらみつける。

「柏木先生目当てに入部すんの!?」

「はあ!?　なんかそれ！　んなわけなかやろ！」

言葉とは裏腹に、向井ケイスケの目はよそよそしくうごいていた。

仲村ナズナはそれが癪《しゃく》にさわったらしくて椅子を蹴飛ばす。僕の椅子を。

「そがん不純な動機で!?」

「動機は人それぞれあるやろが」

三田村リクがなだめようとする。

「それに、仲村さん、なんば怒りよるとか？　新入部員の数がふえたら、うれしいもんじゃなかと？」

仲村ナズナは押し黙る。そのとき、教室の入り口に突っ立っている僕の脇を女子生徒が通りすぎていく。銀縁メガネをかけた三年二組の女子。名前は辻エリ。合唱部の部長である。彼女とは小学校がおなじだけれど、当時からぼっちの才能をにじませていたエリートぼっちの僕は、ほとんど彼女と話したことがない。中学生になって以降、異性と話をするのがよりおそろしくなり、今は目も合わせられなくなっていた。

「ここにおったと、ナズナ」

辻エリは三人にちかづく。

「エリ！　ちょっと聞いて！　こいつらが入部したとは、柏木先生が目当てみたいよ！」

「そうっておもっとったよ」

「なんでそがん冷静な？」

辻エリはメガネの位置をなおして向井ケイスケと三田村リクにむきなおる。

四人はなぜか僕の席を囲んでいた。はたして、いつになったらそこに座れるのだろうか。

「真面目に活動してくれるとやったら、私はべつに、動機がなんやったってかまわんけん。よろしく、向井くん、三田村くん」

「お、おう、ありがとよ」

向井ケイスケは、すこし戸惑いながらうなずく。

「エリ、でもさあ、男子ばい？　ねえ、男子ばい？」

仲村ナズナがごねているとチャイムが鳴った。次の授業のはじまる合図である。

「もう、行くけん。向井くんも、遅れんようにね」

辻エリは離脱して教室前方の出入り口にむかった。

「おまえの男子嫌い、まだなおっとらんやったとね」

そう言った向井ケイスケに、仲村ナズナがパンチする。それをひらりとかわして、彼は逃げていった。三田村リクは肩をすくめて教室前方を向いて座り直す。仲村ナズナもまた自分の席にもどった。さきほどまで四人に囲まれていた僕の席は、何度も蹴られたせいか、椅子の位置がずれまくって机の列からはみだしている。

しかしまあ、これでようやく座れるわけだ。ほっとして自分の席にむかっていたら、机の列からはみだしている僕の椅子に、クラスでも気が強いことで有名な男子生徒がつまずいた。不良生徒というほどではないけれど、親がヤクザだという噂があった。彼は転びはしなかったけれど、むかついた様子で周囲を見まわし、僕と目が合う。

「おまえの席やろぉ？」

「は、はあ……」

「通行の邪魔ばい」

「……あー、えー、っと」

仲村ナズナは自分の席でほおづえをついて窓の外を見ているし、三田村リクはすでに居眠りをはじめていた。僕がやったわけじゃないと言いたかったのだがうまく説明できる気がしなかった。

「なんば、ふらふらしよっとか？」

「ご、ご、ごめんなさい……」

彼は舌打ちすると、僕の椅子を足で蹴飛ばして自分の席にむかった。椅子の位置をもどして座るとき、いたわるように座面をさする。ごめんよ僕の椅子であるばっかりに。情けない気持ちになると同時に、言われたことが頭のなかにひっかかった。「なんば、ふらふらしよっとか？」。これまで自覚しなかったけれど、困惑してどうすればいいのかわからないとき、僕の体はぐらぐらとゆれているらしい。

兄もまた、自閉症の特徴として、体をゆらしていることがおおかった。もしかしたら僕にも、表面化していないだけで、なんらかの発達障害があるのかもしれない。

それとも、ただただ精神が軟弱で、芯《しん》というものがないために、ちょっとでも不安になると、ふらついてしまうのだろうか。

ふと、合唱部員たちの歌う姿がおもいだされた。

中庭で歌う彼女たちは、無駄な力の入っていない、うつくしい立ち姿だった。

放課後、帰宅のため下駄箱にむかっていたら、廊下で担任の塚本《つかもと》先生につかまった。

「ちょうどよかった、おい、桑山。おい、桑山！　無視すんな！」

後ろから呼びかけられたので、最初のうち、自分のことだとはおもわなかった。

「あ、ぼ、僕のことですか……？」

ふりかえると、先生が段ボール箱をかかえて立っている。

「おまえのほかに桑山って生徒がおるか？」

「あのう……、桑原、ですけど……」

「嘘つけ、おまえ、桑山やろ」

先生は段ボール箱を足もとに置いて、箱にのせていた出席簿をひらく。すこしだけ間をおいて、先生は言った。

「ところで桑原、たのみたかことがあるとさ。こん荷物ば第二音楽室に持っていってくれんか？」

先生のかかえていた段ボール箱はガムテープで封がされている。なにが入っているのだろう。箱の上部にマジックで【合唱部備品】と書かれていた。先生の説明によれば、さきほど駐車場で、休職している松山ハルコ先生の妹さんという方に呼び止められ、これを渡されたのだという。松山先生と言えば、昨年度末まで合唱部の顧問だった人だ。

「合唱部は第二音楽室で練習しとる。俺のかわりに、持っていってくれんか？」

塚本先生の頼みをことわることができなかった。先生は礼を言うと職員室にむかって足早に立ち去る。しかたなく箱をかかえてみるとずしりと重い。何度も箱をおろして休憩しながら第二音楽室にむかってあるきはじめた。

それにしても今日はなにかと合唱部に縁がある。休み時間に遭遇した災難をおもいだした。下心があって合唱部に入るなんてどうかしてる。柏木先生はたしかに美人だけれど、本気で合唱をやっている人が聞いたら怒るのではないか。

息がきれて、汗もふきだしてくる。下校する生徒たちとすれちがった。たのしそうに友だちの肩をたたいて冗談を言っている。そのように普通の人が友だちとおこなうコミュニケーションの一切が僕には無縁だった。廊下のどこかで笑い声が聞こえたら、自分がわらわれているような気がしてどきりとする。はやいところ兄をむかえに行こう。兄とならんであるきながら夕陽をながめていたかった。たぶん、この世界で唯一、僕を必要としてくれている存在だから。

第二音楽室は校舎の奥まった場所にある。ふつうに生活していたら、なかなか足を踏み入れないような場所だ。すぐとなりに技術室があり、そこで木工作をしたことならあった。おがくずの香りがほんのすこしだけ立ちこめている。第二音楽室の引き戸の前に荷物をおろし、深呼吸して開けた。

合唱部の人たちがいっせいに視線をむけてくるんじゃないかと想像をしていたけれどそれはなかった。グランドピアノがあるだけのがらんとした空間だ。壁に音楽の歴史年表のようなものが貼《は》ってあり、DVDプレイヤーのつながったテレビなどが片隅に置いてある。合唱部員はだれもいない。放課後といっても、まだ早い時間だ。みんなが集合する前なのだろう。だれかと言葉を交わす必要がなくなったと判明してほっとする。荷物を置いて、さっさと帰ってしまおう。黒板に一言、書いておけばいいだろう。

音楽室の黒板にはあらかじめ黄色い線で五線がひいてある。授業で音符を書くときにいちいち五線を書く手間をはぶくためだ。その日、第二音楽室の黒板には、黄色い五線を無視した大きな文字のアルファベットが白いチョークで書き並べられていた。横に【AEIOUEA】と一列に、左側のAと一文字目をかさねるようにして縦に【AKSTNHMYRWGnGZDBP】。しかし縦の列は途中で黒板におさまりきれなくて、かくんと折れ曲がっている。いったいこれはなんだろうか。すこしかんがえて、発声練習するとき参考にする記号ではないかと推測した。横一列が母音で、縦が子音というわけだ。

「入部希望者？」

突然、声をかけられた。手首まである長袖、足首まである長いスカートに身を包んだ黒髪の先生が、開けっ放しにしていた引き戸に手をかけて僕を見ている。

「あ、えっと……、あの……」

うまく言葉が出てこない。間近で見ると、ほんとうに綺麗な人だった。大勢の男子生徒が心をうばわれるのもしかたがないとおもえるような。人気絶大の柏木先生に話しかけられるなんて想像しておらず、心構えができていなかった。

「ちょっと、まってて」

柏木先生は鞄から書類をとりだした。名前の書かれていない入部届だ。

「はい、これに書いて」

入部届をわたされて困惑する。

「いえ、その……」

気づくと、また僕は体をゆらしていた。

「筆記具、貸してあげるよ、ほら」

先生は革製のペンケースから、やけにかわいらしい花柄のシャープペンシルを取り出す。小学生の女の子が好みそうなデザインだったから、すこし意外だった。

「そ、そそそ、そうじゃなく……」

なんとかそれだけ言うことができたけれど、自分でもわからないうちになりゆきで筆記具を受け取っており、右手でにぎりしめている花柄のそれを見て悲鳴をあげそうになった。僕の困惑をようやくさとったのか、柏木先生が言った。

「そうか、いきなり入部ってのも心配か。まずは見学だけでもいいよ。それから決めるのでいい。ほかの男子はそんなことしなかったけど」

そのとき、また一人、第二音楽室に入ってくる。見知った顔の女子生徒だった。

自分の体温の上昇を自覚した。

柏木先生が彼女に声をかける。

「コトミ、部長は？」

「エリは図書室によってから来るって。エリに用事ですか？」

「うん。ハルコから電話があって、相談したいことがあるんだと。伴奏と指揮者の件で」

長谷川コトミが僕に気づく。

彼女は、意外なことに、ぱっと顔をかがやかせた。

「桑原くん、入部すると!?」

おどろいて彼女の顔を見る。それから、はずかしくなって目をそらす。まず、名前をおぼえられていたことがうれしかった。いつだったか名前をまちがえられた気がするけれど、その後、正解をどこかでインプットしたのだろうか。さらには、僕が入部するという誤解をして、彼女が顔をかがやかせるなんて、いったいどういうわけだろう。心臓の動悸《どうき》がはやくなって、耳も熱くなる。

「いや、僕は……、その……」

「わあ、その背中、なつかしかねえ。いつやったかねえ、席が前と後ろやったもんねえ?」

長谷川コトミは、はにかむような笑みをうかべていた。

もしも合唱部に入ったら、こんな風に彼女と交流する機会がふえるのだろうか。

ちらりと、そうかんがえて、首を横にふる。

部活なんて、できやしないのだ。

なぜなら、兄が僕を待っているではないか。

世界で唯一、僕を必要としてくれる存在が。

「これからよろしくね。わからんことあったら、なんでも聞いて。教えてやるけん!」

「うん。……あれ?」

僕は自分の手元をまじまじと見つめる。いつのまにか入部届には、あきらかに僕自身の筆跡で【桑原サトル】という名前が書かれており、それを柏木先生に提出するところだったからだ。

＊＊＊

夜、二階の自室に寝転がって、サクマ式ドロップスを口のなかでころがしていた。サクマ式ドロップスというのは、佐久間製菓株式会社から販売されている飴《あめ》である。四角形の缶に、イチゴ、レモン、オレンジ、パイン、リンゴ、ハッカなどの色鮮やかなドロップが詰まっている。アニメ映画『火垂るの墓』で節子ちゃんが大事に食べていた例のやつだ。

階下で電話が鳴った。私あての用件ではないはずだ。友人は私に連絡をするとき、携帯電話のほうにかけてくる。家の黒電話にかけてきた友人はいない。観光客相手の商売をしている祖父はまだ帰宅していなかった。祖母はお風呂に入っているので電話に出られない。私はCDラジカセのボリュームをあげた。CDでNコンの課題曲を聴いていたのである。気づかなかったふりをしてやりすごすことにしよう。しかし電話は鳴り続ける。

「ナズナー！　電話ー！」

ついにお風呂場から祖母の怒鳴り声が聞こえてきた。昔ながらの黒電話は、先方があきらめないかぎりはいつまでも鳴り響く。

「わーかったー！」

CDラジカセを停止して階段を下りる。電話台のところまで行って受話器を持ち上げた。

「はい、もしもし？」

すこし不機嫌な声で言ってしまったかもしれない。受話器のむこうから反応がなくて、数秒間の沈黙がある。

「あのう、もしもし？　仲村ですけど……？」

今度はやさしくたずねてみる。すると、聞きおぼえのある男の声が聞こえてきた。

「……ナズナか？」

父だ。またお金の無心にちがいない。

受話器をたたきつけるようにもどす。またかけ直してくるだろうか？　そうおもってしばらく電話の前にいたのだけど、かかってくる様子はない。なんだなんだ、怖《お》じ気《け》づいたのか？　ボクサーが相手の出かたをうかがうように、電話をにらみながらその前を行ったり来たりする。やがて、お風呂からあがった祖母が、うちわであおぎながら私のそばにやってきた。

「電話、だれからやったとね？」

「なんかしらんけど、まちがい電話みたい」

そう返事をして、ひとしきり雑談をして、テレビを見ながら私と祖母は麦茶を飲んだ。ガラスのコップに氷を入れて麦茶をそそぐと、氷が軋《きし》んでひび割れる音が心地よかった。

私が小学五年生のとき、父は愛人をつくって五島から出て行った。母が入院して末期癌《がん》で苦しんでいるときや、死がおとずれたその瞬間、父の姿がいつもなかったのは愛人の部屋にころがりこんでいたからだったのだ。そのことを聞いたのはずっと後になってからだ。母の死後も父が帰ってこないので、疑問におもって祖父母を問いただすとおしえてくれた。

祖父母は当時、母の親戚の家まで行って何度も頭をさげていたようである。パチンコ以外に娯楽のないような場所だから、みんな世間話が大好きだ。父のおこないに関してもあっという間にひろまってしまった。小学校の同級生たち全員がしっており、学校でちょっとした喧嘩《けんか》になったときなど、かならず父のことを引き合いにだされて傷ついた。私が男子というものを嫌いになったのもこのころだ。母や私を見捨てた男という人種。自分が異性と仲良くしている様なんて、とても想像ができなかった。

第二音楽室の片隅に置いてあった段ボール箱に、【合唱部備品】とマジックで書かれている。松山先生の字だ。封を開けてみると中には大量の楽譜がつまっていた。『コールユーブンゲン』や『コンコーネ50番』、コダーイの合唱曲の楽譜もある。

放課後の運動場から、野球部の練習する声が聞こえてきた。金属バットが白球を飛ばすときの、甲高い音がする。私は箱をあさりながら辻エリに聞いてみる。

「これ、どがんしたと?」

ほかの部員たちもまわりにあつまってきて箱をのぞきこむ。

「松山先生の家にあったって。昨日、入部した桑原くんが、ここまではこんできたみたいよ」

「へえ、そうな。でも、桑原くんってだれ?」

「ここにおるやん……」

辻エリがあきれたような顔で後方をふりかえる。部屋の片隅の掃除用具入れのそばに身長の低い少年が立っていた。あまりにも存在感がないため、そこにはだれもいないものとおもいこんでいた。すこしたよりない雰囲気の少年は、目が合うと、あわてて会釈する。

「あんた、たしか、おなじクラスの上原くんやったっけ……？」

「あ、いえ、桑原です……、すみません……」

「ああ、そうか、桑原くんか。なんば謝っとっと？　ていうか、入部したと⁉」

おどろいている私に、辻エリが説明する。

「昨日は入部届だけ提出して、みんながあつまる前に帰ったとって」

話しかけられて、桑原サトルという生徒は、恐縮そうに肩をすぼめていた。そのままちいさくなって消えてしまうのではないかと想像したが、もちろん消えることはなかった。彼も柏木先生が目当てで入部したのだろうか。こんなに地味な男子生徒までも虜《とりこ》にする柏木先生の魅力はとんでもないな。

「向井ケイスケ、三田村リクにつづいて、男子部員は三人目か……」

第二音楽室が男子のにおいに汚染される危機感を抱きながら私はぼやいた。辻エリが首を横にふる。

「おしえとらんやったけど、また続々と男子の入部希望者が来とるよ」

部長である彼女は、昼休みに柏木先生のところへ行って、放課後の練習の流れや課題を聞くことになっている。そのとき先生から最新情報を仕入れてきたらしい。彼女の説明によると、二年生と一年生が二名ずつ、合計四人の男子生徒が入部届を持って柏木先生をたずねてきたという。なんということだろう。すでに七人もの男子が合唱部に所属しているというわけだ。おそらくは全員、柏木先生目当てにちがいない。

「……もう、この流れは止められんと？」

私が絶望していると、第二音楽室の引き戸がひらいて、ぞろぞろと生徒が入ってきた。親しい合唱部員のほかに、向井ケイスケや三田村リクの顔がある。なかには初対面の男子生徒もいて、上履きのラインの色から二年生であることがわかった。あたらしく入部した男子生徒の一人だろう。

「あれえ、関谷《せきや》くん？　なんばしよっと？」

後輩の福永ヨウコが、顔を明るくして二年生男子に声をかけた。

「やあ、福永。俺も合唱にかたらせてもらうけん」

関谷と呼ばれた二年生男子が福永ヨウコにむかって片手をあげる。まるで少女漫画から出てきたかのような美少年だった。第二音楽室には二十人前後の生徒があつまり、いっきに騒々しくなる。教室の隅っこにいた桑原サトルが所在なげにしている。そこに長谷川コトミがちかづいて話しかける。すこしたってまたふりかえってみると、いつのまにか桑原サトルはいなくなっていた。ほんとうはいるのだけど、あまりの影の薄さに私の目が認識できないだけだろうか。長谷川コトミにたずねてみると、彼は家の用事があるとかで今日は帰ってしまったという。

柏木先生が第二音楽室の引き戸を開けて顔を出すと、にぎやかさがようやく収まってしずかになる。先生は全員を整列させて話しはじめた。男子生徒たちが、うっとりとした目で先生を見ている。

柏木先生は、今後の合唱部の活動内容について説明した。七月末に都府県地区コンクールがおこなわれるNコンのことや、課題曲と自由曲の二曲を歌うことや、課題曲のほうは決まっていて、自由曲のほうはまだ未定であることを話す。また、その際のピアノ伴奏は柏木先生がつとめ、指揮は部長の辻エリが引き受けるらしい。辻エリがいっしょに歌えないのは残念だが、松山先生と彼女自身が電話で相談してそのように決めたのだという。

「ところで、Nコン課題曲の楽譜、注文するのをずっとわすれてたんだよ。ひとまず一冊だけ、三月中にハルコが買ってたから、そいつをコピーしてみんなにわたせばいいかなっておもってたんだけど。そんなことしちゃだめだっておこられたよ。だから、部員の数だけ買わなくちゃいけないんだけど、注文書を書くのが面倒くさくって、ほったらかしにしてたわけ。今になってみれば、注文するのが遅れてよかったなとおもってる」

私たちはおたがいを見て首をかしげる。先生が何の話をしているのか、まだよくわからない。

「楽譜の注文書に、女声合唱の楽譜か、混声合唱の楽譜かを選ぶ箇所があるんだよ。今までこの合唱部は女子部員しかいなかったから、女声合唱の楽譜を買ってたらしいんだ。だから今回もそっちを買うつもりでいたんだけど。まさか、こんなに男子部員が入るとはおもわなかったもんでね。さっき混声合唱の楽譜を注文しといたよ」

辻エリがおどろいた顔をしていないのは、事前に聞いてしっていたからだろう。

私はおずおずと質問する。

「あのう、やめときません？　だって、コンクールまでに、間に合わんってこともあるわけで。ほら、男子は全員、未経験者ですし」

「でも、いい思い出になるよ」

「女子だけでコンクールに出場したほうが、完成度が高いとおもうんです……」

「へたな男子は、口パクでごまかすとか……」

「先生！」

辻エリがにらむ。

「冗談だってば」

合唱部員の間では、すでに先生の不真面目ぶりが浸透していた。放課後の合唱部の練習にはちゃんと顔を出すが、音楽の授業では退屈そうに手を抜きまくっているのだ。何事にも熱心だった松山先生とは正反対である。

後ろから制服の袖をひっぱられた。ふりかえると、向井ケイスケが斜め後ろから手をのばしている。

「なあ、さっきからなんば言いよると？　コンセイ合唱ちなん？」

小声で質問する彼に、私は舌うちして説明する。

「あんたたちも合唱コンクールに出るってこと。先生は男声のパートがある楽譜ば買ったたっさ」

「え、俺らも大会に出ると？　レギュラー入り？」

のんきな顔で、やったぜ、と彼はよろこんでいる。私は彼をにらみつける。

「アホ、ボケ、Nコンまでに退部届だせ」

柏木先生を目当てに入部した男子部員たちが、はたしてまともに練習してくれるのだろうか。

Nコンの長崎県大会は七月末におこなわれる。あと三ヶ月しかないというのに。

「それと、ハルコからみんなに宿題が出されたんだけど。あ、ハルコというのは、松山先生のことだから。合唱部のほんとうの顧問」

柏木先生は四百字詰めの原稿用紙を取り出して全員にくばりはじめる。

「『手紙』って曲をよく理解して歌うため、未来の自分あてに手紙を書けってさ。あの曲の歌詞とおなじように、十五年後の自分あてにね」

男子生徒から「えー!?」という声があがる。手紙を書くなんて面倒くさくてたまらないのだろう。

「まあ、そう言わないで。提出はしなくていいってさ。書いた手紙は、だれにも見せなくていい。机の奥にでもかくしておくんだ。きっと、ほんとうは書いてないのに、書いたふりをして、ずるをしようってやつが大半だろうけど……。まあ、私だったらそうするし」

この宿題が強制ではないと聞いて男子はだまる。

「もしも、それでも書いてくれる人がいたら、本心を書いてほしい」

くばられた原稿用紙を見て、全員、どうしたものかとなやみはじめる。十五年後、自分は島にいるのだろうか。それとも、別の場所で暮らしているのだろうか。どんな大人になっているのだろうか。

三田村リクが、なぜか複数枚の原稿用紙をもらっていた。それを見て、向井ケイスケが、自分の原稿用紙を彼に押しつけていた。

「ほら、これも使ってよかばい」

「あんた、書かんつもり？」

私はおもわず咎めてしまう。

「書くって。書く書く。絶対に書く」

あくびまじりに彼は返事をした。書かないつもり百パーセントである。しかしそのとき、柏木先生がくちびるに手をあてて言った。

「でも、読んでみたいなあ、みんなの手紙。もしも私に読ませてくれるんなら、メアドをおしえてもいいかなあ？」

向井ケイスケは「俺んとやろ！　返せこのやろう！」と言いながら三田村リクから原稿用紙を取りかえした。

第二章

十五年後の向井ケイスケへ。

どこに住んでいますか。どんな仕事についていますか。
俺は今、十五歳です。明日から、Nコンに出場するため、佐世保へ行ってきます。
佐世保で一泊して、諫早《いさはや》市の会場に向かいます。

未来の自分に手紙を書くという宿題が出て、ずいぶんたちました。
結局、柏木先生がメアドを教えてくれるというのはじょうだんだったみたいです。
書く気がずっと失《う》せてました。
でも、もういいんです。

おまえにだから、こんなことを書きますが、俺には今、好きな相手がいます。
あいつとは、険悪なときもあったのに……。
こんなふうに気持ちが変化するなんて不思議なものです。

＊＊＊

物を分類し、並べることが、兄にとっては至福の時間らしい。

【柿ピー】というお菓子をご存じだろうか。いわゆる【柿の種】と【ピーナッツ】を混ぜたお菓子のことである。父が酒のつまみにと買っておいた【柿ピー】のお徳用大袋の中身をすべて出して、兄がテーブル一面にならべてしまったことがある。【柿の種】と【ピーナッツ】は律儀に分類され、等間隔にならべられていた。一個ずつの向きもそろえられており、その様は圧巻だった。

母の話によると、兄のそういう遊びはちいさなころからつづいているという。たとえば、しりあいの家から、使い古しのミニカーの玩具《おもちゃ》をごっそりともらったときのことだ。様々な種類のミニカーを前にしても、ふつうの子どものように、それらを車にみたててあそんだりはしなかった。そのかわり、色や大きさで分類し、窓辺にならべてながめていたという。雑然とした状態から、整理された状態にすることで、心がおちつくのだろう。数字が好きだったり、カレンダーをじっとながめていたりするのも、無関係ではない。一定の法則性にしたがってならんでいるもの。兄はそれに触れて安心しているのだ。

兄にとって、この世界は、どのように見えているのだろう。様々な色と光と音のカオス状態のなかへ放り出されたように感じているかもしれない。僕たちにとってさえ、他人とのコミュニケーションは予測不可能なことばかりで、社会はもつれたヒモのようにさえ感じられるというのに。

そのような世界において、一定の法則性にしたがってならんでいるものというのは、カオスとは無縁の、純粋でゆらぎのないものに感じられているのかもしれない。それを心のよりどころとし、しがみつくようにして、この世界に耐えているのかもしれない。

兄は毎日、決まったスケジュールを送っている。起床の時間も、就寝の時間も、この十年以上ずっと変わらない。食事の時間も、テレビを見る時間も決まっている。その、いつまでも変わらないくり返しの日々こそが兄を安心させるのだ。しかし、番組の改変期になると大変である。おきにいりの番組がなくなって、テレビの前で途方にくれたように体をゆらしつづける。なぜおきにいりの番組が放映されなくなったのかを、根気よく教えなくてはならない。兄は変化というものが苦手なのだ。

「……話があるとやけど」

皿洗いをしている母にちかづいて僕は声をかける。

「なんね?」

「明日から、兄ちゃんのおむかえ、一日おきで休みたいっちゃけど、だめ?」

僕はおそるおそる話を切り出した。

「はあ? なんば言いよっと?」

水道の蛇口をきゅっとしめて母はふりかえる。炊事場は居間のすぐ隣にあり、視線をすこし横にむけたら、畳に寝転がっている父と、膝《ひざ》をかかえてしずかにテレビを見ている兄の姿が見える。

「朝は工場に連れて行けるけど、夕方はむかえに行けんようになるかもしれんとよ」

合唱の練習は放課後におこなわれる。だからもう、これまでとおなじ時間に兄のおむかえができなくなってしまうのだ。

「あんたが呼びに来んかったら、アキオはどうすっとね？」

母はエプロンで手をふいてこまったような顔をする。

「毎日じゃなくていいとさ……、一日おきでよかけん……」

一日おきの休みなら、合唱部をつづけられるかもしれない。

「サトルがお願いするって、めずらしかねえ。なんでね？　理由はなんね？」

「部活に入ったっさ」

「部活!?　でも、あんた、もう三年生やん」

「そうだよ」

「三年生でも部活に入らるっとね？」

「ほかにも何人か、三年生で入部した人おったよ」

「何の部活に入ったと？」

「……合唱部なんやけど」

母が何か言う前に、居間と炊事場を区切っている引き戸のあたりから声が聞こえてくる。

「なあんが合唱部か。やめれやめれ」

ビールと焼酎《しょうちゅう》で酔いつぶれているものとおもっていた父が、僕たちの会話を聞いていたらしく、
丸々としたおなかをゆらしながら言った。父は五島列島の高校を出て以来、ずっと土木関係の仕

事で一家をやしなっている。

「合唱ちゅうとや、なんもならんぞ。歌うひまんあったら、勉強ばせんか」

「ばってん、サトルがせっかく、やる気ば出しとるとに……」

母は父に抗議する。なんと僕の応援をしてくれるらしい。

「サトルが今まで、こがん風にお願いしたことあったね？　なかったやろ？　あの、何に対しても消極的で、死んだ目ばしたようなサトルがよ？」

「僕は死んだ目な……？」

聞き返したけど、父母は僕の話を聞いていない。

「そいやわかっとる。こいつはたしかに、自分から何ばやりたいとか言うような子じゃなかった。まわりに流さるっだけの、しょうもない子やった」

「僕はしょうもない子な……？」

「ばってん、今から合唱ちゅうとや時間の無駄ばい。勉強ばせんか。そっちのほうが役にたつとたい。だいたい、サトル、おまえ、アキオば見捨てるとか？」

父は僕をにらむ。父は身長も体重も平均よりおおきかった。腕は筋肉がついて丸太のようである。それにくらべて僕はクラスでも最小最軽量の部類で、腕は細枝のようである。

「ぼ、僕は……」

腕っ節のつよい父がこわかったのと、兄に対する負い目とで、言葉が出なくなる。

「だいたい、なんで合唱部ばえらんだとか？　おまえが歌っとるとこ、見たことなかぞ」

特定の女子生徒に会いたいから合唱部に入った、などとは口が裂けても言えない。柏木先生目当てに入部した男子を心の中で非難しておきながら、まったくおなじことを自分もやっている。

「おまえがむかえに来んやったら、アキオはパニックばおこすかもしれんぞ。工場のおっちゃんにも迷惑かけるかもしれんとぞ」

父はその後も、やめろやめろと言い続ける。やがて時計が二十時をさすと、テレビを見終えた兄が、お風呂に入る支度をはじめた。父がそれに気を取られているすきに、僕は自分の部屋に逃げこんだ。

兄は長い訓練の末に、着るものを自分で用意することも、湯船につかったり体をあらったりすることも一人でできるようになった。しかしお風呂に入る時間だけは融通がきかない。二十時になると、だれかが入浴中だったとしても、気にせず浴室に入る。スケジュール通りにしなければ気がすまないというこだわりがつよいのだ。以前、福岡に住む親戚一家があそびに来たときのこと、親戚の女子大生が湯船に長くつかりすぎて二十時をこえてしまい大変だった。僕たちは雑談に夢中だったから、浴室にむかう兄に気づかなかった。体にタオルを巻いて、悲鳴とともにお風呂から出てきた女子大生の背後で、兄はいつも通りの手順で体を洗っていたという。

布団に横たわって古い天井を見ながら僕はまよった。まだ今なら、入部をやめることができるはずだ。気が変わったと柏木先生に言えばいい。すこしはずかしいけど、それほど怒られないのではないか。合唱部のことをかんがえているうちに、鞄《かばん》に入れっぱなしにしているCD－Rのことをおもいだした。布団から起き上がり、鞄をさぐると、それが出てくる。長谷川コトミから受け取ったものだった。

『Nコン課題曲・手紙』。白い円盤にマジックでそう書かれていた。

合唱部をやめるとしたら、聴くひつようはないけれど、ためしにCDラジカセにセットしてみる。再生ボタンを押すと、スピーカーから歌声が流れだした。

今日の放課後、第二音楽室に行ってみると、大勢の合唱部員がいた。新旧の部員たちは顔なじみ同士であつまり雑談に花をさかせていたが、僕は当然ながら話し相手もおらず、だれの邪魔もしないように隅っこの掃除用具入れのそばに立っていた。そんな僕をあわれんだのか、長谷川コトミがちかづいてくるなんてことは完全に想定していなかった。

「桑原くん、さぼらんやったね、よかったあ」

「あ、ど、どうも……」

長谷川コトミは周囲をながめる。

「おおかねえ。きゅうに人がふえたけんねえ。今日からもう練習するとやろか」

どのような返事をすればいいのかわからず、沈黙がながくなる。和気藹々《あいあい》と周囲がにぎわっている。僕たちの間にある無言がよけいに際だった。何か発言しなくてはとあせった僕は、とにかく声に出してみる。

「えっと、その……」

「なん？」

「用事があって、今日はもう、帰らんばいけんとけど、だいじょうぶかな……」

「用事って？」

かまぼこ工場まで、兄のおむかえに行かなくてはならないのだ。

しかし、兄のことを、どのように説明したらいいだろう？

口ごもっていたら、長谷川コトミが先に口をひらいた。

「帰ってもだいじょうぶばい。先生には私から言っとくけん」

「うん、ごめん」

「よかよ」

胸がじんわりと温かくなるようなやさしい笑みだった。中学一年生のとき、寝たふりをしている最中に聞いてしまった彼女のひとりごとは、もしかしたら僕の聞きまちがいだったのかもしれない。

「そうだ、桑原くん、ちょっとまっとって。そこにおってね。うごかんでよ？」

長谷川コトミはそう言うと、第二音楽室の隅っこに置いていた自分の鞄のところに行って、なにかを取り出してもどってくる。

「はい、これ、持っていって」

彼女の手には、透明なうすいケースに入ったCD－Rがにぎられている。

白い円盤にマジックで『Nコン課題曲・手紙』と書いてあった。

「なん、これ？」

「私たちが練習する曲。練習に参加せんでも、くりかえし聴いとけばよかけん」

柏木先生のピアノに合わせて歌ったものを、録音して作ったCDなのだと説明をうける。

「これ、一枚しかなかと？　パソコンでコピーして、これは返したほうがよかよね？」

「桑原くん、そういうことできると？　パソコンにくわしい？」

「ふつうだとおもうけど……」

長谷川コトミが顔を寄せて言った。

「じゃあ、そのうち、パソコンのことで質問するかもしれん」

すこしうつむき加減だったせいか、彼女の目元は前髪にかくれて、表情がよく見えなかった。

「なんでも聞いて」と返事をして、腕時計を見ると、兄のおむかえに行かなくてはいけない時間だったから、いそいで第二音楽室を飛びだした。

夜が明けて、山の稜線《りょうせん》が朝日にうかぶ。僕は布団を抜け出して、窓をあけた。

「よかよ、お母さんがむかえに行くけん」

台所で母が朝食の支度をしながら言った。ついさっき、まだ味噌汁をつくりはじめたばかりの母に僕は宣言したのだ。合唱部に入りたい、ということを。

「一日おきじゃなくてもよか。毎日、行ってこんね。アキオのおくりむかえなら、ずーっとしよったことやもん。小学生のときにくらべたら、今のアキオは、おとなしかもんよ。いろんなことば学習したけんね、パニックであばれだすことも、もうあんまりなくなったし。サトルは好きにせんね」

僕は母の苦労をしっていた。兄が小学校に入学する前は、発達障害に関する知識が世間に浸透していなかった。兄がみんなとおなじことをできないのは、母のしつけがなっていないからだと、当時は存命だった祖母に責められたこともあったという。

「アキオに愛情ばそそがんやったけん、あがんなったち、ばあちゃんには言われたとよ。ひどかねえ。こがん、好きとにねえ」

母は本で自閉症のことをしらべて、それが生まれつきの脳の障害であることをしった。自分で学習プログラムを組み、兄にひとつずつ物事をおしえた。

「おむかえにいくのも、たのしみばい。お父さんは、私が説得しとくけん、サトルは部活に行かんね」

「よかと?」

「部活にでもはいらんば、あんた、友だちできんばい。あんたが結婚するとはもうあきらめとるけどね、友だちくらいはできんといかんばい」

なんだかいろいろとひどいけど、全体的には母の気持ちがつたわってきた。

「うん、ごめん」

「あんた、ごめんち言うとはやめんね。そういうときは、ありがとうち言うとよ」

「そうか、ありがとう」

洗面所で顔をあらってきた兄が、居間のテレビの前にすわる。朝の番組で流れる占いコーナーは、兄の心をつかんではなさない。母がお椀に味噌汁《みそしる》をよそいながら僕に聞いた。

「サトル、昨日はお父さんに言われて、ちょっと迷いよったやろ？　どうして急に、気が変わったと？」

「なんでかな。わからん」

僕はそうはぐらかす。

ほんとうは、昨晩、ＣＤ‐Ｒに収録されていた歌を聴いて、僕は決めたのだ。

「なんでやろーね。わからんけど、僕は合唱部に入るったい。みんなで歌いたかっさ」

身支度を整えて、兄といっしょに家を出た。おむかえは母が引き受けたけれど、工場まで兄を送るのは僕の担当だ。兄の姿がかまぼこ工場に消えるのを見届けて、自転車にまたがり、学校にむかってペダルをこいだ。

教室に入って自分の席につくと、となりの席の三田村リクから話しかけられた。巨漢の彼が僕のいるほうにむかって体をかたむけると、山がのしかかってくるような威圧感があった。

「桑原、おまえも合唱部に入ったとやろ？　昨日、途中で帰ったよな？」

「あ、うん……」

緊張しながら返事をする。最後まで第二音楽室にいなかったことを責められて、さっそくいじめにあうのだなと絶望する。さきほど母に入部の決意を語ったばかりなのに、はやくも退部の文字が頭にちらついた。三田村リクは、鞄から四百字詰め原稿用紙数枚を取り出して僕の机に置いた。

「合唱部全員に宿題が出たっさ。十五年後の自分あてに手紙ば書けって。おまえ、途中で帰ったけん、原稿用紙ばもらっとらんやろ？　俺がもらっとったけん。ちなみに、提出はせんでよからしいぞ」

説明をうけながら原稿用紙を見つめる。それから、はっと気づいて、彼を見る。

「あ、ありがとう！」

僕がそう言うと、三田村リクは「よかよか」と手をふった。

＊＊＊

Nコンに出場する際、これまでは女子部員だけだったので、ソプラノとメゾソプラノ、そしてアルトにわかれて女声三部合唱にのぞんでいた。今年は混声合唱での出場なので、女子部員がソプラノとアルトのふたつに振り分けられ、男子部員は男声と呼ばれるパートに入る。女子のパート分けに関しては、柏木先生が耳で声を聞いたときの判断と、本人の希望とをすりあわせて決められた。

新入部員に合唱未経験者がおおいため、まずは発声練習に重心が置かれた。柏木先生は第二音楽室の壁際に前後二列で合唱部員を整列させる。私たちから見て右手側から、ソプラノ、アルト、男声というエリア分けがなされた。柏木先生がCDラジカセを再生すると、発声練習のリズムをとるためのシンプルな音楽が流れ出す。私たちはそれにあわせて「シュー－－－－－－ッ！」と息を吐き出した。風船をふくらませるときのように力強く。練習の見学に来ないまま入部した男子部員たちは、合唱とはほど遠いこの練習に面食らっている。

「できるだけ強く息を吐いて」

柏木先生は音楽にあわせて手拍子しながら指示を出す。

私はアルトパートの後列にならんでいた。すぐ左隣に向井ケイスケと三田村リクがいる。今のところ危惧《きぐ》していたような男子臭さはない。

次に「んー」や「まー」を様々な音階で発声する。

本番で指揮を担当する辻エリは、発声練習には参加せず、新入部員の立ち姿を一人ずつ矯正していった。

「体ばまっすぐせんか。腰ば安定させるとぞー」

合唱経験者は無駄な力みのない立ち方をするが、そうでない者は体がかたむいていたり、ふらついていたりすることがおおい。

「そこの男子、わめいてたらいいってもんじゃないとぞ。ここは応援団じゃないっちゃけん。声変わり中の子は、無理のない範囲で声ば出すように。もっと喉《のど》ば開いて。男子は喉仏ばさげるイメージで」

辻エリの声がとぶ。

続いて、母音や子音の発声練習がはじまった。辻エリが黒板の前に立ち、チョークで書かれたアルファベットを指でさす。彼女が【A】をさせば、CDの伴奏にあわせて「あえいおうえあ」と発声し、彼女が【K】をさせば「かけきこくけか」と発声する。

「なーねーにーのーぬーねーなー」

「はーへーひーほーふーへーはー」

「まーめーみーもーむーめーまー」

五十音順にならんだ子音のアルファベットの上を、辻エリの人差し指が一つずつずれていく。

柏木先生は前列のアルトパートにちかづいてきて、一年生の新入女子部員のおなかにそっと手のひらをちかづけた。実際にふれているのではなく、ほんの一センチほどの隙間《すきま》がある。そうすることによって意識をおなかにむけさせ、腹式呼吸をつかった発声方法を学ばせているのである。

その子は緊張した顔のまま発声する。柏木先生は、生徒の顔に耳をよせて、その声に耳をすます。私たちは楽器のようなものである。成長とともに変化する楽器だ。今、私たちは調律をされている。

一分間ほどその子の声をチェックした後、柏木先生は一歩横にずれて、今度はとなりの女子部員のおなかに手をあてる。

辻エリの人差し指が、子音のアルファベットを一巡し、ふたたび最初にもどる。

「あーえーいーおーうーえーあー」

柏木先生の様子を見て、私の左隣の集団が色めきたつ。前後二列にならんだ男子は、発声練習をしながら、ちらちらと先生の動向に注目していた。そのまま柏木先生が、前列の生徒のおなかに手をふれながら左にずれていくと、アルトのならんでいるエリアが終わり、男声のならんでいるエリアに入っていく。ひとりずつおなかに手をあてて、顔のそばに耳をよせてくれるのだ。先生を目当てに入部したこいつらにとって、先生をすぐ間近でながめられるこのシチュエーションはたまらないらしい。

女子アルトのおなかに手をあてていた柏木先生が、左に一歩ずれて、ついに男子生徒の前にたった。視界のすみでそれを見守っているその他大勢の男子生徒が、「まーめーみーもーむーめーまー」と発声した後、息継ぎと同時にごくりとつばをのみこむ。柏木先生が、すらりとした腕をもちあげ、正面に立っている男子生徒のおなかにそっと手をあてる。耳を口元にちかづけるとき、よく声が聞こえるようにと、長髪をかきあげた柏木先生の、白い首やうなじがあらわになる。後列の私からはその男子生徒の後頭部しか見えなかったけれど、鼻の下をのばしてだらしのない顔をしていたことだろう。

向井ケイスケや三田村リクをちらりと確認する。彼らは後列に位置しており、前列で柏木先生と接近できている男子のことを羨望《せんぼう》と嫉妬《しっと》の入り交じった目で見ていた。二人は発声練習しながら、身振り手振りで激論を交わしはじめる。器用なやつらだ。彼らは柏木先生の今後の経路を気にしているらしい。前後二列にならんだ合唱部員のうち、柏木先生は前列の生徒を順番にチェックしている。前列を端の方までチェックし終えたら、おりかえして今度は後列もチェックしてくれるだろうか？　二人はそのような心配をしているようだ。彼らは後列に位置しているため、おりかえしてもどってきてくれなければ柏木先生と接近できないのである。なんというくだらない心配だろうか。

男子部員は全部で七名。前列に三人、後列に四人がならんでいた。柏木先生が、前列二人目の男子生徒の前に移動しておなかに手をあてる。その後ろ姿は同級生の桑原サトルだった。柏木先生がふと私を見る。

「ナズナ、手伝って。後列をおねがい」

「かーけーきーこーくーけーかー」という発声を途切れさせないまま後列の四人の男子が驚愕《きょうがく》のまなざしで私をふりかえる。私は先生にうなずきかえし、まずは左隣に立っていた向井ケイスケのおなかに手をあてようとする。彼は「さーせーしーそーすーせーさー」と言いながら首を横にふり逃げようとした。「たーてーちーとーつーてーたー」と発声しながらそいつの制服をつかんでひきとめる。おなかに手をあてて、彼の口元に耳をちかづけた。「なーねーにーのーぬーねーなー」。彼の声からさっきまでの元気が消えている。

「もっと声ばはらんかー」

忠告すると彼がじろりと私をにらむ。「はーへーひーほーふーへーはー」とみんなが発声する。彼の口元にちかづけた私の耳だけは「おーぼーえーてーやーがーれー」と言う彼の声を聞きわけた。みぞおちを肘《ひじ》で突いて彼がうめくのを確認し、柏木先生にならって私も左に一歩ずれる。三田村リクのおなかは、ベルトがはち切れんばかりにおおきい。手をあてようとしてふと気づいたのだが、いつのまにか後列にならんでいた男子生徒の数が減っている。向井ケイスケと三田村リクの二人しかいないではないか。前列の男子生徒はさっきまで三人しかいなかったのに、今では五人に増えている。私と柏木先生が声に耳をすましているとき、こっそりと後列から前列へ移動したらしい。

男子が第二音楽室に出入りするようになって、福永ヨウコは借りてきた猫のようにおとなしくなっていた。理由を問いただすと、どうやら入部した男子のなかに彼女の好きな子がいるらしいと判明した。おそらく初日に言葉をかわしていた関谷という二年生だろう。彼はいかにも女子に好かれそうな顔立ちだった。

「関谷くんってかわいかねえ」

練習の合間にうっとりして彼を遠くから見ている女子生徒がほかにもいた。

三年生の横峰カオルである。

「いかん。男子のアホどもが入ってきたせいで、合唱部の風紀がみだれはじめとる」

私が心配していると、横峰カオルが言った。

「よかやん、これくらい。男子、意外と真面目《まじめ》に練習しとるよ？」

「でも、たまにふざけよる」

「うちらも、ふざけることある」

「そりゃそうやけどさあ」

私以外は男子部員の存在を歓迎しているようだった。しかし、彼らの態度がよかったのは、どうしても合唱をしたいという切実な欲求からではない。ひとえに柏木先生が練習を見てくれていたからだ。

男子を相手に、柏木先生はピアノをつかって懇切丁寧に正しい音を教えていった。柏木先生が【ド】の音をピアノで弾き、男子にも【ド】の音を発声するように注文する。しかし返ってくるのは大抵がほかの音だった。彼らは正しい音を発声することになれておらず、まるで迷子のひよこみたいに、声がうろうろ、きょろきょろしていた。あっちに行ったり、こっちに行ったり、不安定なのだ。先生はピアノの鍵盤をたたいて「こっちにいらっしゃい！」と先導する。【ドレミファソラシド】と発声する男子の声が、欠陥住宅の階段みたいにおもえるときもある。一階から二階へ、二階から三階へのぼっていたら、突然、段が抜け落ちていたり、段の高さがまちまちだったりと、一瞬も気が抜けない。

また、声変わり真っ最中の男子部員がおおく、彼らの声は泥水のように濁って感じられた。柏木先生は彼らに「無理をしない程度で声を出すこと」と指示を出す。変声期前の男子生徒はおらず、全員が声変わりを済ませているか、その真っ最中の状態だった。

「昔の合唱団では、男の子が声変わりをはじめたら、歌わせずに作曲の勉強なんかをやらせてたらしい。だけど今は、ある程度、歌わせてたほうがはやめに声変わりが終わるって言われてる。ほんとうかどうかしらないけどね。ボイストレーニングにもいろんな流派があって、意見がばらばらだったりするから、断言はできないんだけど」

休憩時間に柏木先生が教えてくれた。専門ではないのに、合唱部の顧問を引き受けることになって、ボイストレーニングの本を読んだのかもしれない。先生の付け焼き刃の知識によると、男子は十一歳から十四歳くらいの時期に変声期がおとずれるという。声帯の粘膜が充血し、声の透明さがなくなり、三ヶ月から一年半ほどかけて声帯が急激に発育する。声帯筋の発達がそれにおいつかず、その時期は声がうまく出せなくなるそうだ。

「ある意味、男子って、かわいそうですね」

私は感想をもらす。

「へえ、どうして？」

「だって、声変わりがはじまったら、それまでの自分の声ばうしなうってことでしょう？　ざぁーまきれいな声ばもってても、それば無理矢理、取りあげられるんです」

「でも、そのあと低い声を授かるんだからいいんじゃないの？　先生は好きだけど、低い声って」

私と柏木先生の会話に耳をそばだてていた男子の集団が、急にどいつもこいつも低い声で話しはじめたのでイラっとくる。男子はやっぱり死んだほうがいい。

「声変わりって、昔はもっとおそかったらしいね。バッハの時代では十八歳ごろだったっていうし、シューベルトは十六歳で変声期をむかえたらしいし。だから、昔のボーイ・ソプラノと、私たちが聴くことのできるボーイ・ソプラノは、根本から別物なのかもしれない。層の厚みもちがうだろうし、十六歳と十八歳とでは音楽への理解もちがってただろう」

「なんで男子には声変わりってあるとでしょう」

「そりゃあ、きみらの乳房といっしょだ」

「えー？　いきなり、なんばいいよっとですか？」

「しらないのか、旧約聖書のアダムとイヴの話。あの二人、蛇にそそのかされて禁断の果実を食べたでしょう。そして急に裸でいることが恥ずかしくなったんだ、おたがいの目を意識してね。

そのとき飲み込んだ果実が、アダムの場合は喉仏になって、イヴの場合は乳房になったんだってさ。だから喉仏のことを【アダムの林檎《りんご》】って呼ぶこともあるんだから。禁断の果実と林檎を混同しちゃった言い方だけど。まあ、つまり、禁断の果実を口にする前、アダムに喉仏はなかったし、イヴの胸もふくらんではいなかったってこと。子どもだったってことだね」

五島列島にはカトリックの教会がおおく、小学校のクラスにもクリスチャンの子が大勢いた。アダムとイヴの話は、子どものころから馴染《なじ》みの深いエピソードだ。しかし、柏木先生の話を聞いていると、アダムとイヴの話が、人間の第二次性徴について表現したエピソードのようにおもえてくる。あるいは、そのような意味合いが背後にかくれているからこそ大勢の人々の記憶にのこったのかもしれない。

そういえば、先に禁断の実を食べてしまうのはイヴのほうで、アダムは遅れてその果実を口にする。人間もまた、女子のほうが先に成長し、男子のほうが遅れて背が伸びるではないか。裸であることに羞恥心《しゅうちしん》をおぼえたアダムとイヴは、異性の目を気にし始めた少年少女をイメージさせる。では、この二人の人物を、子どもから大人へと変化させた、禁断の果実とはなんだろう。

「そういえば、合唱部のなかで、だれか恋愛してる子っている？」

柏木先生が興味津々という顔で聞いた。アダムとイヴの話でそちら方面の回路が開いてしまったのだろうか。

「さあねえ、おらんとおもいますけどねえ」

ひとまずそうこたえておいたけど、一学年上の先輩とつきあっている女子が合唱部のなかにいた。学校内では他人のふりをしていたけれど、家の近所でこっそり会っていたという噂である。彼女と話をするとき、そのことが話題に出ることはないけれど……。

＊＊＊

うちの中学校には五つの小学校区域から生徒があつまってくる。どこの区域に所属するかで通学手段にちがいがあった。中学校にほどちかい場所に住んでいる生徒は徒歩で、すこしはなれた場所に家のある生徒は自転車、さらに遠いところから通う生徒はスクールバスをつかう。

ちなみに全校生徒のほぼ半数がバス通学だ。僕の住んでいる島は土地の大半が山で、人の住んでいる集落は海岸線や山間《やまあい》の土地に点在していた。集落から集落へ移動するにはかならずうねるような山道を越えなくてはならない。自転車で越えようとすれば途中で力尽きるような傾斜である。したがって、はなれた地域から中学校に通おうとするならバスに乗るしかないというわけだ。

朝、兄をかまぼこ工場におくって、潮風のなかを自転車で走行する。城の跡地にのこる石垣にそって校門にむかうと、空き地にスクールバスが停車して生徒が降りている光景に出くわす。これまでの場合、学校にいる間は、一日中、口を開くことがなかった。ぼっち状態に慣れ親しんだ僕の口は、貝のようにかたく閉ざされていたのである。しかし合唱部に入部して以来、その状況に変化があらわれた。教室に入って自分の席につくと、隣の席の三田村リクという巨漢が、筋肉につつまれた片腕をあげるのだ。

「うぃーっす」

彼は中年のおじさんのような声をだす。合唱部以外にも柔道部に所属している三田村リクは、廊下をあるけば後輩たちが頭をさげて道をあけるような男だ。体育会系部活の中枢にいるような人物が、宿題を写させてもらう目的以外で、この僕に話しかけてくるなんて、数週間前は想像もできなかった。

「うちの兄貴、サトルのすすめた本ばすでに持っとったぞ」

「五島で僕以外にあの本ば読んでる人がいたなんて」

「風呂上がりに最初のほうば目を通したとけど、なかなかおもしろそうばい」

外見は筋肉だるまの三田村リクであるが、意外なことに読書家だった。高校生の兄の影響で海外のSF小説をいくつも読んでいるという。しかし彼の周囲には読書をする同年代のしりあいがいなかったらしく、僕を相手に本の話ばかりすることになった。それにしても、巨漢の彼が文庫本をひろげている様子は、熊が本を読んでいるみたいでユーモラスだ。

向井ケイスケは飄々《ひょうひょう》とした人物で交友関係もひろく、教室を移動してまで友人に会いにくる。三田村リクが山のようにどっしりとかまえているのに対し、彼はおちつきというものをしらない。さっきまでむこうの集団の会話に首をつっこんでいたかとおもったら、いつのまにかこっちのグループにまじって相づちをうち、気づけば教室からいなくなって、廊下でなぜか先生にしかられていたりと、この学校に彼は何人いるのだろうかとおもわせる。また、彼は不真面目を絵に描いたような存在で、宿題をやってこないのは当然のことであり、教科書は授業中にさえ開いたことがないのでいつまでも新品同様だった。

ある日の昼休み、僕は向井ケイスケと三田村リクに呼び出されて校舎の横に連れて行かれた。巨大に成長したソテツが生えているだけの何の変哲もない場所に立ち、向井ケイスケは言った。

「いいか、サトル、おまえば仲間とおもってここに連れてきた。ここは、俺が先輩からゆずりうけた奇跡の場所ぞ」

「奇跡の場所？」

周囲に視線をめぐらせてみるが、白い校舎と、植物の緑と、校庭のむこうに海の青色が見えるだけで、奇跡というほどのものは見あたらない。

「この場所は、先輩やさらにその先輩から代々受け継がれてきたっさ。あるとき粋《いき》な先輩がここば奇跡の場所って表現したったい。それからずっとそう呼ばれとる」

「でも、なんで？」

「しばらくここにおれ。そのうちわかる」

向井ケイスケと三田村リクが世間話をはじめる。僕はわけもわからず、その場に立って、二人の会話を聞いていた。やがて校舎の方から鉄扉《てつび》の開く音がする。二人がぴたりと会話をやめて、するどい眼光で校舎のほうをにらんだ。

校舎の壁面に鉄の外階段が設置されていた。何度か折り返しながら一階から三階までつながっている。僕たちのいる場所からは、茂みの隙間にちょうどそれが見えるけれど、立ち位置を数メートルもずらせば枝葉の陰になって見えなくなる。

今、三階の鉄扉を抜けて、女子の二人組が外階段に出てきた。おしゃべりをしながら一段ずつおりてくる。

「サトル、顔ばむこうにむけたらいけん。俺たちと話してるふりばして、横目でそっと見つめるとぞ」

向井ケイスケの声はかつてないほどに真剣だ。

やがて女子の二人組が外階段の踊り場を通ったとき、海の方から潮風がふいてきて、周囲の木々が枝をゆらした。女子生徒の髪があおられ、同時にスカートがふわりとうきあがり、太ももの付け根までがあらわになる。笑い声とも、悲鳴ともつかない声を出して、二人はスカートをおさえつけた。向井ケイスケと三田村リクは、あいかわらず、するどい眼光で女子の二人組をにらみつけている。彼女たちが一階までおりて校舎内に入り、ようやく彼らは緊張を解いた。

「ふう……」

息をはきだしながら、向井ケイスケは、額の汗を拭《ぬぐ》う。

「いいものだな、やはり」

人間国宝のつくった茶碗をながめる、目利きのような言い方だった。

「見えたか？」

向井ケイスケが、三田村リクに問う。

「もちろんたい、こんために柔道で動体視力ば鍛えたとぞ」


奇跡の場所に案内されたその時期、合唱部はまだいい雰囲気だった。男子部員は発声練習に熱意を見せ、海が夕焼けでかがやくころに学校を後にした。第二音楽室で帰り支度をしながら女子部員のだれかが歌を口ずさむと、そこに他の部員が声をかさねてきて、自然発生的に合唱がはじまった。いつまでも歌っていると、柏木先生があきれて忠告するのだ。

「バス通学の人、いそがないと、バスが出ちゃうよ」

合唱部の部員が数人あつまれば、いつでもどこでも歌がはじまった。校門にむかってあるきながら、あるいはスクールバスの発車を待ちながら、女子部員たちはたのしそうに歌っていた。それはしあわせな光景だった。

練習の前後や休憩時間に、長谷川コトミと話をする機会が何度かあった。ほとんどの場合、他《た》愛《わい》のない世間話だったが、あるとき、ふとおもいだした。

「そういえば、パソコンのことで質問があったっちゃないと？」

「うん。パソコンのなかのデータば消すにはどがんしたらよかと？」

「データば消す？　パソコンば捨てると？」

パソコンを廃棄するとき、中のデータを消去する人はおおい。だれかに個人情報を盗まれる危険があるからだ。

「まあ、そんなところばい」

僕はクリーンインストールの仕方を教える。しかし彼女にはむずかしそうだった。あまりパソコンの知識はないのだろう。

「あとは、ハードディスクを壊すとか」

「ハード……、ディスク……？　固い……、円盤……？」

「ハードディスクって言うとはね、磁性体を塗布した円盤ば高速回転させ、磁気ヘッドば移動させることで、情報ば記録し読み出す補助記憶装置の一種ばい」

「……それ、さわったら感電する？」

心配そうにたずねる。

「せんよ」

「よかったあ」

長谷川コトミは心底ほっとしたように言ったけれど、彼女がなぜそんな質問をしたのかわからずじまいだった。

＊＊＊

課題曲を合唱するたびに、未来の自分にむけて手紙を書くという宿題をおもいだす。結局、もらった原稿用紙のマス目は埋まっていない。まっさらな状態で自宅の机にほっぽりだされている。合唱部の友人たちと話していて、この宿題のことが話題に出た。「もう書いた？」「まだ」「私も」というやりとりがなされていたところ、福永ヨウコが不敵な笑みをうかべる。

「そりゃあ、書きましたよ。だって、宿題なんですよ。あたりまえじゃないですか。みなさんとはちがうのですよ」

私たちはさっそく、彼女をはがいじめにして、鞄のなかをチェックする。白紙の原稿用紙が出てきて、彼女の嘘が判明した。そもそも、彼女はもらった原稿用紙を鞄のポケットに入れたきりわすれていたようだ。なぜ嘘をついたのかと問いつめると「優越感を得たくて……」と彼女は証言した。

合唱部に亀裂《きれつ》が入りはじめたのは五月に入ってからのことだ。パートごとにわかれて練習する際、第二音楽室と技術室、そして空き教室が使用される。ソプラノ、アルト、男声で三部屋を順番につかい、第二音楽室で練習をする日は柏木先生がピアノで伴奏してくれる。それ以外の日、素人《しろうと》集団である男声チームのところには、指揮者の辻エリがくっついて歌い方の指導をするのだが彼らは柏木先生がそばにいないと、まったくやる気を出さないことが判明したのである。いつまでもだらだらとおしゃべりをして、辻エリが声をはりあげてようやく嫌そうにパート練習をはじめる。彼らの歌を聞いて辻エリが「ここはだめ」「こうしたほうがいい」と意見を言っても直す気配はない。向上心というものが彼らにはなかった。

男子の態度は次第にひどくなっていく。柏木先生が職員会議でおそくなる曜日などは、練習への出席率が低下した。たとえ第二音楽室にやってきたとしても、男子同士でふざけあったり、プロレスの技をかけたり、ゲームの攻略情報を交換したり、およそ合唱とは無関係なことばかりする。文句を言っても聞く耳を持たない。彼らはどうも発声練習の単調さに嫌気がさしているようだ。合唱部は歌っているだけでよいのだから楽にちがいない、という彼らの思惑がはずれたのだろう。立ち姿はいつまでも様にならず、歌っているときに片方の肩がさがっていたり、だるそうな姿勢で声をだしていたりする。

男子のなかにもやる気のあるやつが一人だけいた。桑原サトルである。彼は柏木先生のいないパート練習のときも、辻エリの指導のもとで上達しているらしい。入部当初はちっとも声が出ていなかったけれど、いつのまにか安定していい声が出るようになっている。柏木先生のピアノにも音程を合わせられていた。

そういう生徒がひとりでもいれば、ほかの生徒もやる気を出すのではないか、という期待はしかし当てはまらない。桑原サトルの存在感は合唱部内部でもサランラップなみにうすく透明だった。彼が合唱部にいることをしらない部員もいるのではないか。よって女子部員の多くには、男子部員のわるい面ばかりが見えていたのである。

合唱部内で男子部員への反感がつのっていった。私は当初から警鐘を鳴らしていたのだが、ようやくそれに気づいて同調するものがあらわれたのである。特に部長の辻エリが私の仲間になったのはおおきい。彼女は不真面目なことがきらいな人間である。男子が練習に熱意を見せている間はよかったけれど、柏木先生のいない時間にたるんでいるのを見かけてこちらの党に賛成したのである。

「ナズナ、ごめん、あんたの言う通りやったよ」

女子部員内部における男子反対派は急成長し、私はその一派の中心的な存在となった。しかし男子部員肯定派も少数ながら存在し、その中核にいたのは横峰カオルと福永ヨウコであった。彼女たちは合唱という崇高な目的をわすれ、男子との交遊にすっかり骨抜きにされたのである。彼女たちは歌うことよりも、放課後に二年生男子の美少年である関谷と語らうことに青春の意味を見いだしていた。私は福永ヨウコや横峰カオルに人差し指をつきつけて叫んだものである。

「蛇にそそのかされて、禁断の果実ば口にしたっちゃろ？　あんたらとの友情もここまでばい！」

しかし彼女たちはこう言い返す。

「先輩、もうすこし大人になったら、私たちの気持ちがわかりますよ」

「そうだぞナズナ、おまえはまだ、子どもやけんね」

いつまでも親友だとおもっていた相手が、気づくと敵になっている。男子部員擁護という旗をかかげた彼女たちとは、もう以前のように手をつなぎ、歌いながらいっしょに廊下をあるくこともないのだろう。友情とは、儚《はかな》いものである。

しかし、ある日のこと、私は合唱部女子部員内部の派閥争いから身を引くことになる。男子部員否定派の旗揚げを担ったこの私が、とある裏協定にもとづき、一切の関与を拒否せねばならなくなったのだ。男子否定派の中心は私から辻エリに移動し、後の私はただの傍観者となりはてた。私に裏協定をもちかけたのは、向井ケイスケだった。

彼とのつきあいは長い。幼稚園に通っていたとき、私たちは母に連れられておたがいの家を行き来してあそんだ。小学校低学年のとき、彼はシャツと短パンで海に飛びこんで、海中でサザエを見つけ、獲《と》ってきては私に食べさせてくれた。私がよろこんでいると、彼はいくつもサザエを獲ってきた。今にしておもえば完全な密漁である。しかし当時はそんなことしらなかったから、私たちは密漁サザエをおやつがわりにしていた。母が、かき氷をつくってくれて、縁側でならんで食べたこともある。差し出された手のひらに、サクマ式ドロップスの缶をふってやると、おちてきた半透明の色とりどりの飴《あめ》を受け止め、彼が口にほうりこんだ。当時、いっしょにあそんでくれる向井ケイスケのことが私は好きだった。

彼とのつきあいは、小学校高学年あたりから途絶える。母が死に、父が愛人をつくってどこかへ消えた。それ以来、私は異性を冷たい目で見ている。

「ナズナ、ちょっと話がある」

中学三年生となった向井ケイスケが、廊下で話しかけてきたのは、ある雷雨の日だった。窓ガラスに雨が打ちつけられ、滝のようにながれている。昼間なのに、校舎内は夜のように暗かった。

「なん?」

「これ、おぼえとるか?」

向井ケイスケはポケットから、かわいらしいピンク色の便せんをとりだした。

「はあ? なんそれ……」

そう言って目をこらすと記憶が電撃的によみがえった。その便せんにはたしかに見覚えがある。少女漫画の雑誌に付録としてついていたものだ。

「そ、それは……!」

雨がよりいっそう、窓にうちつけられる。外では強風が吹き荒れていた。

「おぼえとるみたいやな。そうばい、こいつは、おまえが小学二年生のとき俺にくれたラブレターばい」

窓の外が光り輝いて、おくれて雷鳴が空気をびりびりとふるわせた。校舎内のあちらこちらで女子が悲鳴をあげている。

「……おい、だいじょうぶか?」

向井ケイスケが心配そうにたずねた。私がおなかをおさえてうめいていたからだ。雷がこわかったのではない。彼が持っているものにおどろきすぎて胃が痙攣《けいれん》していたのである。苦しみながら、向井ケイスケをにらんだ。

「なんで、それば……！」

私の顔は、はずかしさで真っ赤になっていたことだろう。

「家の引き出しば、ひっかきまわしたら、あったっさ」

「今すぐ、燃やせ……！」

「燃やす？　もったいない。俺たちのおもいでばい」

向井ケイスケは便せんをひろげて私の前にかかげる。鉛筆で書かれた文字は、いかにも子どもが書いたようなたどたどしい筆跡である。なんとなく内容はおぼえている。当時の血迷った私の心情がつづられているのだ。

「こっちにむけるなっ……！」

その文面が視界に入らないよう、私は顔の前に手をかざし、十字架をむけられた吸血鬼のごとくさけんだ。見知らぬ生徒たちが、怪訝《けげん》な顔をしてこちらを見ながら横を通りすぎていく。向井ケイスケが便せんをもって私にせまってきた。私は廊下の壁際に追い詰められた。

「ここで読み上げてみようか？　ふむ、これは、なかなか秀逸なポエムばい。ナズナは詩人の才能があるな。コピーして全員に読ませたかねえ」

「……な、なんが目的な？」

それをほかの人に読まれたら、私はどんな顔をして卒業式までの日々をすごしていいかわからない。ちいさなころに書いたものとはいえ、かつて向井ケイスケに恋心を抱いていたと、しられることさえはずかしい。もしも他人にしられたら、舌をかみ切って死ぬしかない。

「これば公《おおやけ》にされたくなかったら、部活んとき、俺らんことばあんまりぐちぐち言うなよ」

向井ケイスケの背後にあった窓が雷光でかがやいた。彼の影が私の全身を覆って廊下の壁一面にひろがる。

「あんた、卑怯《ひきょう》ばい」

「時の流れは残酷ばい……。昔はこがん好かれとったとになあ……」

向井ケイスケは手紙をながめながら、ぽつりとつぶやいた。

「ナズナがおとなしくしとけば、この手紙はだれにも見せんけん、安心してよかぞ」

去っていく彼の後ろ姿を私はにらんだ。

以来、男子部員反対派でもなく、男子部員賛成派でもないという、曖昧《あいまい》な立場に私はとどまることになる。

＊＊＊

五月に入りゴールデンウィークが訪れる。休日に僕がやったことと言えばゲームくらいで、兄と散歩をする以外はほとんど外出をしなかった。母がショッピング施設に行くというので、それについていったことが一度あるくらいだ。そのショッピング施設は島内で最大級の広さを持っており、屋内には百円ショップやゲームセンターや書店などがそろっていた。もちろん、九州本土のショッピング施設の規模にくらべたら、こちらは犬小屋みたいな大きさだろう。ペンキの塗られた柱にも錆《さび》が浮いているし、屋内はどことなく、がらんとしている。それでもここは若者たちの遊び場として重要な役割をはたしていた。なにせ島内には他にどこにも遊ぶような場所がなかったのである。休日になれば、様々な地域から、バスを利用したり、親に車で送ってもらったりして、小中高生があつまってきた。あきらかに別々の中学の集団とおもわれる人たちが、おたがいの目を意識しながらすれちがっている光景をよく見かけた。僕はこのような場所で、クラスメイトなどの顔見知りに遭遇してしまうことが苦手である。ほとんど恐怖していると言ってもいい。だからできるだけ近づきたくはない場所だけれど、この施設に入っている書店の品揃《そなぞろ》えは魅力的だった。棚にならんでいる漫画の種類は確実に島内一である。顔をふせて、だれにも会わないよう祈りながら書店に行き、漫画や小説を買ってのこりのゴールデンウィークを家の中で過ごした。

ずっと歌わないでいると、喉がまた退化してしまいそうだった。それをおそれて、自分一人で発声練習をしたこともある。家の中では家族に迷惑がかかるとおもい、裏山に入って、だれもいないところで練習をおこなった。強い息をおなかの底から吐き出したり、「まー」や「んー」を発声する。生い茂る木々を越えて声はどこまでもひろがっていき、僕はすがすがしい気持ちになる。

後日、山のなかにおかしな鳴き声の動物がいるという噂がたち、近隣住民の間でちょっとした話題になっていた。その奇怪な鳴き声を聞いて、ちいさな子どもたちはおびえているという。役場に届けて、その動物を駆除したほうがいいのではないかと話しあいもおこなわれたらしい。

「おまえ、もう、裏山で練習はすんな」

父が言った。

「わかった。変な鳴き声の動物がおるらしいけんね。一人で山に入って、そいつにおそわれたらこわか」

「今まで、サトルがそいつに襲われんでよかったばい」

母もそんなことを言う。僕と両親は、動物の正体にうすうす感づいていたけれど、しらないふりをしてやりすごした。

休みが明けて、ひさしぶりの教室で授業をおこない、給食を食べた。放課後、合唱部の練習のため第二音楽室に行ってみると室内にはだれもいない。そのうちだれか来るだろうとおもい、荷物をおろして待っていたら、引き戸が開いて長谷川コトミが室内に入ってくる。

「桑原くん、早かねえ。さっきエリに聞いたけど、今日、先生は用事があるけん来れんとって」

長谷川コトミが荷物を部屋のすみにおろす。第二音楽室はしずかだった。部屋の外から、運動部のホイッスルの音や、帰宅する生徒たちのにぎやかな声が聞こえてくる。部屋にふたりきりという状況が僕は苦手である。耐えられなかったので、この場を逃げだし、図書室で時間をつぶしてこよう。部屋を出ていこうとしたら、長谷川コトミが言った。

「ふうん、桑原くんもさぼる気ばいね。ほかの男子とおなじ、柏木先生目当てばいね」

「え？　ち、ちがうよ！」

「帰る気じゃなかと？」

「荷物、ここに置いてってるじゃん」

「なんだ、柏木先生がおらんけん、帰るっておもった」

僕も他の男子と同様に柏木先生が目当てで入部したのだとみんなにはおもわれている。その誤解はあえてそのままにしていた。本心を言うひつようなんてないのだ。

「じゃあ、どこに行くと？」

「図書室で時間つぶしてこようかと……」

「ここにおってよ。さあ、すわって、すわって」

長谷川コトミは椅子《いす》を用意して僕にすすめる。

「実は桑原くんと話したいことがあったっさ。パソコンのことじゃなかよ」

彼女も椅子を持ってきて、僕とむかいあうようにすわる。曇りのない、純真そのものといった瞳が正面にくる。僕は急にこわくなって、その場を逃げ出したくなる。こんな風にふたりっきりになれたら、普通だったらよろこぶのだろうか。僕の場合は、緊張感や、なにかミスをして嫌われるんじゃないかという不安のほうがまさってしまう。

「話したいことっていうのはね、男女間の微妙な関係のことよ」

「……男女間の微妙な関係？」

「そう。最近、合唱部内で男子と女子が険悪でしょう、そのことよ」

「なんだ、合唱部のことか……」

「なんのことっておもった？」

「もちろん、合唱部のことっておもっとったよ」

僕はすこしだけ気が楽になる。

「そういえば最近、部長が不機嫌そうにしとるね」

「先生がおらんところでは、男子、ちゃんと練習しとらんやろ？」

「……うん」

パート練習のとき、男声パートを指導する辻エリは大変そうだった。CDラジカセで課題曲の音を流し、男子の集団に歌わせようとするのだが、全員、やる気がなさそうにだらだらしている。

「パト練からもどってくるとき、みんな、ばらばらにもどって来るよね。練習ばさぼってあそんどったときって、そがんなるとやんね」

「でも、そんなに険悪そうには見えないけどな。男子と女子、昼休みによくここでおしゃべりしとるよ?」

向井ケイスケにさそわれて、昼休みに第二音楽室に来たことがある。室内では男子部員と女子部員が和気藹々と話していた。ぼっちの求道者《きゆうどう》である僕は、その明るい雰囲気にまじることができず一言も話せなかったけれど。

「それはたぶん、男子肯定派の女子ばい。女子部員が今、ふたつに分裂しとるとよ」

「え? そがんことになってると? 長谷川さんはどっち?」

「どっちでもなか」

長谷川コトミの説明によると、十三人いる女子部員のうち、男子肯定派が四人、男子反対派が七人いて、どちらでもない派が二人だという。

「なんでかわからんけど、ナズナも最近は【どちらでもない派】ばい。だけど、『手紙』はなんとなく混声のほうで歌ってみたかよねえ。だから、私も【男子肯定派】かもしれんねえ」

「なんで混声のほうがよかと?」

長谷川コトミは立ち上がって自分の鞄から『手紙~拝啓 十五の君へ~』の楽譜を取り出してもどってくる。

「この歌には、二つの視点があるとよ」

『手紙』という曲の歌詞は、【僕】という視点人物の一人称で書かれている。

ただし、【十五歳の自分】と、大人になった【現在の自分】という二人の【僕】がいるのだ。

拝啓　この手紙読んでいるあなたは　どこで何をしているのだろう
十五の僕には誰にも話せない　悩みの種があるのです
未来の自分に宛てて書く手紙なら
きっと素直に打ち明けられるだろう
今　負けそうで　泣きそうで　消えてしまいそうな僕は
誰の言葉を信じ歩けばいいの？
ひとつしかないこの胸が何度もばらばらに割れて
苦しい中で今を生きている
今を生きている

「【十五歳の自分】が未来の自分に手紙を書いたって設定よね？」

曲の冒頭部分を小声で口ずさんで長谷川コトミは言った。

「ここは女子が歌うことになってると。男声はあくまでも背景の一部。そして次の【現在の自分】が語るところはね……」

拝啓　ありがとう　十五のあなたに伝えたい事があるのです

自分とは何でどこへ向かうべきか　問い続ければ見えてくる
荒れた青春の海は厳しいけれど
明日の岸辺へと　夢の舟よ進め
今　負けないで　泣かないで　消えてしまいそうな時は
自分の声を信じ歩けばいいの
大人の僕も傷ついて眠れない夜はあるけど
苦くて甘い今を生きている

「大人になった【現在の自分】が、【十五歳の自分】に返事ばしてるって設定ばい。この部分、混声合唱だと、男声から入るとよ。低い声で子どものころの自分に語りはじめるわけ。【十五歳の自分】は女子の高い声が中心になって、【現在の自分】は低い男声が中心になってるとさ」

長谷川コトミは僕を見る。

「変声期前の【僕】と、変声期後の大人になった【僕】ってこと?」

「そうよ。この歌詞だからできる演出ばい。高い女声と低い男声ばつかいわけて、子どもの【僕】と、大人の【僕】が表現されとるよね。この演出は女子だけではできん。男子の声がないと成立せん。やけん私、男子と歌いたいと」

長谷川コトミはそう言うと、すこし照れたような顔になる。

「一方的にしゃべりすぎた」

「勉強になったばい」

すこしわらって、長谷川コトミは楽譜をながめる。ソプラノパートをハミングしはじめた。第二音楽室の窓にかかっているおおきなカーテンが、海から吹く風をはらんで、ゆっくりとふくらみ、ゆれる。僕は歌詞のつづきを頭の中におもいうかべる。

人生の全てに意味があるから　恐れずにあなたの夢を育てて
keep on believing
負けそうで　泣きそうで　消えてしまいそうな僕は
誰の言葉を信じ歩けばいいの？
ああ　負けないで　泣かないで　消えてしまいそうな時は
自分の声を信じ歩けばいいの
いつの時代も悲しみを避けては通れないけれど
笑顔を見せて　今を生きていこう
今を生きていこう
拝啓　この手紙読んでいるあなたが
幸せな事を願います

キン、と高い音を空にひびかせて、白球が高く打ちあげられる。生徒が全速力で走り、グラブで受け止める。運動場でおこなわれる野球部の練習を、僕たちは、ぼんやりとながめた。

「エリと小学校がおなじやったって聞いたけど、ほんとう？」

「家もわりと近所ばい」

「昔からあんな感じやったと？」

「ずっと学級委員やったよ。先生の信頼もあつかったばい」

「妹がおるとよね」

「たしか今、小学六年」

「その子が中学に入るとき、入れ違いでうちらは卒業ばい。桑原君ちは？　兄弟とかおる？」

「……おらんばい、一人っ子やもん」

以前、父に言われていた。

兄弟がいるのかと聞かれたら、いないと言うようにと。

極端な話だけれど、お見合いの席などで、家族に介護の必要な人がいるとわかった場合、順調に進んでいたものが急に断られることがあるという。父は、自閉症の兄のことを、あまりおおっぴらにはしたくなさそうだった。それどころか、兄のような子を持って、はずかしいとさえおもっているふしがある。そのことで父母が喧嘩《けんか》をすることも少なくない。

でも、ほんとうに父のことだけが原因だろうか？

咄嗟《とっさ》に兄のことを言えなかったのは、僕自身が、秘密にしておきたかったからではないのか？　学校で話し相手がいなかったとき、ほとんど唯一、僕と言葉のやりとりをしてくれた兄なのに僕は心の奥で、ほんとうは、はずかしいとおもっていたのではないか？

引き戸の開く音がして、二年生の女子部員数名が部屋に入ってきた。ほとんど間をおかずに三年生の男子と女子も到着する。急に室内が騒々しくなり、長谷川コトミは、なつかれている後輩たちにかこまれて、ゴールデンウィークはなにをして過ごしていたのかという質問攻めにあっていた。僕はひとりになり、またいつものように、掃除用具入れのそばでじっとしていた。

柏木先生は用事があって今日は来ないらしい、という情報がひろまると、男子の何人かはさっさと帰ってしまった。のこった男子数名は、練習をはじめる時間になっても輪になってボイスパーカッションであそんでいる。ボイスパーカッションとは、打楽器などの音色を、そっくりそのまま口で真似《まね》る技術である。様々な音色を口真似して、数人でセッションするというのが男子の間ではやっていたのだ。

向井ケイスケや三田村リクの姿もそのなかにあった。ドラムの音を口で真似たり、指をくちびるにあててスクラッチ音に似た音を発したり、多彩な音でビートが刻まれている。「チッチッチッ」と舌打ちのような音で参加している者もいれば、形容しがたい電子音的な音をつくっている者もいた。彼らが演奏していたのはヒップホップ風にアレンジされた『スーパーマリオブラザーズ』の音楽だ。

「練習はじめるばい！　もうやめて！」

辻エリが声をはりあげても男子は演奏をやめなかった。そこに仲村ナズナも参戦し、文句を言って、彼らの頭をはたいてまわる、というのが、いつもの光景である。しかし、彼女は部屋の隅で彼らと辻エリを傍観しているだけだった。【どちらでもない派】。長谷川コトミの話をおもいだす。

そのうち男子反対派の二年生女子数名が辻エリとともに非難をはじめる。彼らはしかたなく、ボイスパーカッションで『スーパーマリオブラザーズ』のゲームオーバー時にながれる音楽を演奏して、彼女たちにしたがった。

仲村ナズナは、みんなに背をむけて、窓の外にひろがっている青い空を見ていた。

＊＊＊

女声合唱のガラスのような純粋さが好きだった。これまで女声合唱しかやってこなかった私たちにとって、男声はあきらかに異質だ。練習不足の男声パートの声と合わせてみると、あまりの違和感に絶望する。ゆがんだ土台の上に、懸命にガラスのお城を建てているようなものだった。完成したとしても、人々はそれをうつくしいとはおもわないだろう。これならば、女声のみで合唱したほうが全体を統一させるのが楽ではないのか。

晴れた日に、放課後の校庭で吹奏楽部が練習をしていた。ブォー、という金管楽器の音が空高くひびきわたっていた。吹奏楽部はいつも第一音楽室を住処《すみか》にしている。楽器の保管されている音楽準備室がすぐとなりにあるからだ。吹奏楽部の住処である第一音楽室と、合唱部の住処である第二音楽室は、遠くはなれている。おたがいの練習する音が、相手の邪魔にならないようにという配慮のためだろうか。

吹奏楽部がうらやましい。そこにも何人か男子部員が所属しているけれど、合唱部のような問題には発展しない。楽器をつかって音を奏でるのだから、演奏者が男だろうと、女だろうと、関係ないのである。しかし合唱部は身体をつかって演奏する。身体のつくりの異なる男と女とでは、奏でられる音がはっきりと別物であり、男子がいるのといないのとでは合唱の方向性もちがってくる。運動部のように性別ではっきりと種目がわけられていたら単純だったのだろう。男子の入部がこれほど響いてくる部活はきっと他にない。

男子部員の受け入れをきっかけに、合唱部内には様々な派閥が出来てしまった。みんなが見ている方向はバラバラで、課題曲の練習にも身が入らない。しかし時間は待ってくれないのだ。私たちは、もうそろそろ、Nコンで歌うもうひとつの楽曲を決めなくてはならなかった。

第二音楽室にあつまった合唱部員たちの前で、柏木先生は、こほんとひとつ咳払《せきばら》いをして話しはじめた。

「自由曲のことだけど、だれか、これを歌いたいって曲があったら提案してくれない？　この箱から選んでもいいし」

柏木先生の足もとには、古い楽譜の詰まった段ボール箱が置いてある。いつだったか、桑原サトルがはこんできたものだ。私たちは箱の周囲にあつまって、楽譜を一冊ずつながめながら、どれにしようかと話しあいをする。どれでもいいというわけではない。中学校の部の場合、自由曲は四分三十秒以内と決められている。

「おわりのない海」、「資格証明」、「未来へ」などいくつかの候補があがる。どれも信長貴富先生の作曲した作品である。うちの合唱部には信長先生のファンがおおいのだ。しかし信長先生の作品で混声三部合唱だと選択肢がほとんどないなと気づく。混声四部合唱なら選択の幅も出てくるので、その方向で検討してみようか。

柏木先生はピアノの前に座り、最初のうちは『手紙』の伴奏を練習していたが、すぐに飽きてしまったようで、別の曲を弾きはじめる。聞きおぼえのある曲だったが、なかなかおもいだせない。やがて演奏が不自然に途切れた。

「先生、その曲、なんでしたっけ？」

私は質問する。

「そうか、ナズナは聴いてたんだっけ、はじめてここで会ったとき」

「あ！　途中から存在しない曲！」

始業式の朝、柏木先生がこの場所で弾いていた曲だった。

「どうして途中までしかないんですか？」

向井ケイスケが質問する。

「東京にいたとき、途中までつくって、放り出してきちゃったんだ」

私たちはおどろいた。

「先生が作った曲ね!?」

箱のまわりで自由曲選びをしていた合唱部員が、楽譜を置いてピアノのまわりにあつまってくる。柏木先生は私たちに請われて未完成の曲を披露してくれた。先生の感性が指先のうごきになり、指先のうごきがピアノを経由して音の粒になる。音の粒は私たちの胸を通り抜けて、せつなさのようなものをのこしていった。

自由曲を決定する話しあいがおこなわれた。合唱部員が挙手して歌いたい曲名をあげていく。辻エリがそれを黒板に書き出していった。定番と言えるものから、ほとんどしらない曲まで、ずらりとならぶ。

「ほかには？　もうない？」

辻エリの質問に、向井ケイスケが手をあげて返答する。

「さっきの、先生がつくった曲がよか」

全員がおどろいていたけれど、柏木先生が一番、びっくりしていた。

「でもねえ、オリジナルの曲で出場って、ありえないでしょう……?」

先生は辻エリをふりかえって問いかける。

「特に禁止されてないとおもいます。教師の作詞作曲した自由曲で、Nコンに出場した学校が、たしか過去にもありました」

辻エリは黒板に【先生の未完成曲】と書いて候補のひとつにする。私たちにむきなおり、多数決をとった。いくつかならんでいた候補のうち、【先生の未完成曲】が過半数の支持をあつめた。

というよりも、ほとんど全員がそれに一票を投じた。まともな思考ではなく、その場のノリが支配していたのかもしれない。それとも、聴かせてもらった曲の余韻がそうさせたのだろうか。私たちは、この音楽で歌ってみたいとおもったのだ。

「というわけで、先生、一刻もはやく曲ば完成させて、合唱風にアレンジしてください」

辻エリが柏木先生に言った。

「かんたんに言ってくれるね。歌詞はどうする?」

全員が沈黙する。

「そうだ、ナズナ、おまえがやったらよかやん。詩ばつくるの、得意やったろ」

向井ケイスケが言った。

「はあ!?」

「ポエムたい、ポエム」

みんなが「ポエム⁉」とざわめきはじめる。彼は、大昔に私が書いたラブレターのことを言っているのだろう。動揺して声が出なくなる。

「なんなら、おまえがつくったポエムばみんなに読んでもらおうか？」

向井ケイスケが、口の端をまげて、笑みをうかべている。完全に、おもしろがっている顔だ。

「うるさい！　やるけん！　やればいいっちゃろ！」

拒否しつづけたら、あのはずかしい手紙を公開されるかもしれない。その恐怖に負けて、私はおもわずそうさけんでしまった。


階段を上がり、鉄扉を押し開け、校舎の屋上に出ると、空が青かった。屋上にはぐるりと柵があり、もたれかかってぼんやりとすごす。校庭で昼休みを謳歌する生徒たちの姿をながめながらため息をついた。自由曲の歌詞に関する問題が頭からはなれない。向井ケイスケが持っている例の危険な代物も悩みの種である。かんがえすぎて頭が痛い。糖分を補充したほうがいいかもしれない。さっき給食を食べたばかりだけど。

周囲に人目がないことをたしかめて、スカートのポケットから、サクマ式ドロップスの缶を取り出した。お菓子を学校に持ってくるのは校則違反なので、先生に見つかったら怒られるだろう。ふたを開けて、さかさにふる。缶の中でドロップたちがおどり、からん、からん、と鳴る。ハッカ味の白いドロップが出てきて、手のひらでうけとめた。口に入れようとしたとき、鉄扉の開く音が聞こえる。おどろいた私の手から、ドロップが、ドロップしてしまう。

鉄扉のむこうから現れたのは辻エリだった。

「ナズナ、ここにおったと。さがしたとぞ」

私は缶をポケットにかくす。彼女は横にならんで背伸びした。だいじょうぶ、気づかれてない。

「気持ちよかねえ」

樹木の枝葉の間から、かつてお城の一部だったという石垣や堀が見え隠れした。風がふいて、私たちの髪をゆらす。グラウンドのむこうに水平線がひろがっていた。

「あんた最近、様子が変ばい。向井くんに弱みでも握られとると？」

「……どうもしとらんよ」

「でも、男子に甘かよ」

辻エリは銀縁メガネのむこうから私を見ている。

「男子、やる気がなかけん、ちっともうまくならんよ。あん人ら、指揮ば全然、見とらんばい」

「指揮ば無視するのは柏木先生もおなじばい」

音大卒のピアニストとしての演奏と、合唱の伴奏とでは、求める部分がちがうらしい。柏木先生と辻エリはたまにやりあっていた。「ここは、こんなふうに弾きたいんだけど」「だめです。私の指揮にしたがってくれんばこまります」「部長の指揮って、普通すぎるんだもん」「先生のは自由にやりすぎばい」「ソロの部分くらい、自由にやらせてよ」「だーめーでーすー！」「これじゃあ、首輪でつながれた飼い犬だよ！」。第二音楽室でやりとりされる二人の会話をおもいだした。

「Nコン、だいじょうぶやろか。松山先生のためにも、がんばりたかな」

顔を曇らせて辻エリが言った。

「そがん、Nコンが心配……？」

「松山先生が心配……」

「なんだ、そっちか。無事に赤ちゃん、生まれるぞ」

「……うん」

うなずいてはいたけれど、不安そうな気配は消えなかった。なにか気になることでもあるのだろうか。

屋上からながめる空はどこまでも広く澄んでいた。青空に白い雲が浮いており、スタジオジブリがつくったアニメに登場するような景色だなとおもった。

「あの雲、『天空の城ラピュタ』に登場しそうな雲やねえ」

アニメのタイトルを口にすると、辻エリの銀縁メガネが光を反射して白くなる。

「ナズナ、あんた、しっててそがんこと言いよると？」

「は？　なんのこと？」

「『ラピュタ』の美術を担当した人、五島の出身ばい」

「へえ、そうやったとね」

「そうよ。『時をかける少女』の背景もその人よ」

「ふうん」

「『ラピュタ』の空も、『時かけ』の空も、五島の空がモデルになっとるとかもしれんね」

「かんがえすぎじゃない？」

「子どものころの記憶が、絵に出とるかもよ」

「そうかなあ」

もしもそうだとしたら、大勢の日本人が、たとえ五島列島の存在をしらなくても、無意識のうちにこの空を体験しているというわけだ。想像すると、たのしかった。

「あと、『火垂るの墓』の美術もその人やったよ」

「あんた、くわしかねえ」

感心しながら、そういえばサクマ式ドロップスのハッカ味をさきほどドロップしてしまったのだとおもいだす。足もとに視線をむけると、白い粒がころがっていた。

ふと、大昔の記憶がよみがえった。足もとにドロップがころがっている、という光景が記憶の扉を開けた。

「なん？」

私の顔を見て辻エリが聞く。

「うん、ちょっとね。変なことおもいだしちゃってさ。まあ、聞いてもおもしろくなかよ」

「そうね。じゃあ、もうちょっとアニメの話ばしようか」

「やっぱり話したい。話させて。どうでもいいような記憶なんだけどさ……」

私がまだちいさなころのことだ。サクマ式ドロップスの缶をふって、ドロップを一粒出したのだが、口に入れる前に落としてしまった。どうやらそれが最後の一粒だったらしく、缶をふっても音がしなくなった。あきらめきれない私は、ころがっているそれをひろって食べてしまおうとかんがえた。まだちいさいとはいえ、衛生的にだいじょうぶだろうか、と頭のかたすみでおもうところはあった。だから、おそるおそるという速度でドロップに手をのばしたのだ。

「……そんときね、すっと横から手がのびたとよ。私のそばに、しらない男の子が立ったと。なんのためらいもなく、ドロップばひろって、口にほうりこんだと」

「それだけ？」

「うん。それだけ。あの子、いったい、なんやったとやかねー？」

まだちいさかった私は、最後の一粒をとられてしまったことがかなしくて、泣いてしまった。いっしょにいた母が、私を泣き止ませようと、何かを言ってくれたのだが、私は泣いているばかりで、母の言葉なんて聞いてはいなかった。もったいないことしたなとおもう。ドロップのことではない。母の言葉を聞いていなかったことだ。もう、死んでしまった人に、「あのときなんて言ってたの？」とたずねることはできないのだから。

そのとき、どかん、と屋上の扉が音をたてて開いた。突然のことにおどろき、私と辻エリがふりかえると、福永ヨウコが息を切らせて走ってくる。

「二人とも、こがんところにいたんですか！」

「騒々しかなあ。なん？」

「第二音楽室で喧嘩です！」

福永ヨウコはたどたどしく説明する。喧嘩をしていたのは、向井ケイスケと、二年生の男子部員の篠崎《しのざき》だった。みんなが談笑している第二音楽室のなかで、隅っこで話していたふたりが、突然に殴り合いの喧嘩をはじめたのだという。

私たちが屋上を後にして、第二音楽室にかけつけたとき、割れた窓ガラスの破片が長谷川コトミの手によって掃除されていた。その場にいた全員がだまりこんで、まるでお葬式会場のような雰囲気だった。篠崎は保健室に運ばれ、向井ケイスケはどこかへ姿を消したまま、午後の授業には出てこなかった。喧嘩を目撃した人たちの話では、最初に手をあげたのは向井ケイスケだったそうだ。

＊＊＊

十五年後に自分たちはなにをしているのだろうかと、みんなは口々に言う。

そのころ自分たちは五島にいるのだろうか。

あるいはどこか他の場所にいるのだろうか。

この島で暮らす子どもたちは高校卒業を機に島を出ることがおおい。島内に大学がなく、就職先もかぎられているせいだ。何割かの人間は、島にもどることなく、そのまま外で暮らしつづける。なんらかの資格を取得して、島にもどってくる者もいる。

自分とは何で、どこへ向かうべきか

『手紙』の歌詞にそのような一節があった。でも、僕は、自分とは何で、どこへ向かうべきかをしっている。自分が何のために生まれてきて、将来、どのようになるのかをしっている。これは自分だけの特殊なことで、普通の感覚ではないのだということは自覚している。

合唱部に入りたてのころ、未来の自分あてに手紙を書くという宿題が出された。三田村リクによれば、提出しなくていいものだから、書かずにほったらかしにしておいてもいいらしい。でも、せっかく原稿用紙をもらったので、十五年後の僕に手紙を書いてみることにした。書きはじめてみると、もらっておいた四百字詰め原稿用紙一枚では足りなかった。机の引き出しをあさったら白紙の原稿用紙が出てきたので、それらをつかって書き終える。

「サトル、うどんできたぞー!」

台所の方から母の声がして「わかったー！」と返事をする。時計の針が正午をさしていた。立ち上がり、手紙を折りたたんでノートの間にはさむ。

台所に行くと、母が大鍋でゆでた人数分のうどんを、どんぶりにわけているところだった。ほそくて断面の丸い五島うどんである。日曜日のお昼時、家族でうどんを食べながら、七月末に合唱コンクールに出るかもしれないという報告をした。Ｎコンの九州ブロック長崎県大会のことだ。諫早市にある文化会館でおこなわれ、長崎県内の中学校のうち、二十校ほどが参加する。いい成績をのこせた学校のみが九州大会に進み、そこでも上位に食いこんだら全国大会で歌える。全国大会は東京の渋谷にあるＮＨＫホールでおこなわれるのだが、そこは年末にＮＨＫ紅白歌合戦がおこなわれる場所で、その様子がテレビで生放送されるという。もしも全国大会に行けたら、テレビのなかでしか見たことのない、芸能人が立っているような場所に自分たちも立てるのだ。あまりにも遠すぎて、とても現実味はわかないけれど。

「じゃあ、大会の日は家族全員で観《み》に行くけん。アキオも連れて行くばい」

うどんをすすりながら母が言った。すぐさま父が反論する。

「アキオば連れて？　なんか問題おこしたらどがんすっとか？　アキオは家にのこすけん、おまえだけで観てこんか」

「いろんな場所に連れて行ったほうが、アキオにとってもよかとよ」

兄に関することで、父母の意見が合わないことがよくある。

たとえば、車で買い物に行くときも、父は兄を家にのこしていこうとする。「買い物しとるときに、ふらっとおらんごとなって、事故にでもあったらどがんすっとか。留守番させとけ」というのが父のかんがえである。兄をひとりで家にのこしていくのは不安なので、僕か母のどちらかが兄といっしょに留守番をする。

母はどちらかというと、兄にも様々な経験をさせたほうがいいというかんがえの持ち主だ。母の運転で買い物に行くときは、かならず兄を連れていった。レジでお金をはらうときも、できるだけ兄にやらせて買い物の訓練をする。そのおかげで兄は、十五歳のときにひとりで買い物ができるようになったのである。

うどんを食べる兄はぎこちないにぎりかたで箸《はし》をもっていた。身体感覚が僕たちとは異なり、自分の腕や足がずっと遠くにあるように感じられるらしい。自分の体の操縦がうまくできないのだ。食卓で自分の名前がたびたび登場しているというのに兄は無関心だった。周囲の会話が聞こえていないわけではない。むしろその逆で、聞こえすぎるところがある。僕たちのように、耳から入ってくる音の情報を選択して聞き分けることができない。ボリュームのこわれたラジオを常に流されているような状態らしいのだ。あまりにうるさい場所だと、兄はパニックにおちいり、その場にうずくまったり、暴れ出したりする。

「僕が出られるかどうか、ほんとうのところ、まだわからんとさ」

僕はふたりに言った。

「そうね？」

「男子は練習不足やけん。女子だけで歌ったほうがよか得点ばもらえるかもしれん。男子は抜きで出場したほうがいいって言われとる」

「じゃあおまえ、なんのために合唱部に入ったとか？　大会にも出らんとなら、何の意味があるとか？　さっさとやめて受験勉強せれ」

父の日焼けした腕は筋肉につつまれており、シャツがはちきれんばかりに太い。よくこの父親から、兄や僕のような貧弱な体つきの子どもが生まれてきたものである。僕は返事をせずに、うどんをすすった。父の気分を害したら、あの腕で殴られるかもしれない。そうかんがえると、反論することができない。

そのとき、うどんとむきあったまま、兄がつぶやいた。

「……なあんが合唱部か……やめれ……やめれ……」

その台詞《せりふ》には聞きおぼえがあった。いつだったか父が僕に放った言葉である。

「……合唱ちゅうとや……なんもならんぞ……歌うひまんあったら……勉強ばせんか……」

たしかそのとき兄はテレビを見ていたはずだが、父の声が聞こえていたのだろう。記憶のふたが開いてしまったらしく、兄は機械のようにそれをくりかえしつぶやいた。

学校の図書室を出入りするとき、合唱部の一年生女子部員とすれちがった。話をしたことはないけれど、一応、顔をしっているのだから、無視すると「あの人は嫌なやつだ」という悪評をたてられるかもしれない。そこですれ違いざまにかるく会釈をする。しかし一年生女子部員は、気づかないでさっさとあるきさってしまい、僕の会釈は空振りにおわった。とっても恥ずかしい。

合唱部でも僕は抜群に存在感が無かった。限りなく透明にちかい僕だった。向井ケイスケや三田村リクが僕の姿に気づき話しかけてくれなかったら、僕自身、自分は存在しないのかもしれないとおもいこんでいたかもしれない。

ある日の昼休み、向井ケイスケは第二音楽室で二年生の篠崎くんと喧嘩をしたらしい。僕はその場に居合わせなかったが、篠崎くんは軽い怪我《けが》を負い、窓ガラスも割れてしまったという。喧嘩の原因については不明のままだった。柏木先生や生活指導の体育教師が二人に話を聞いたがいつまでも口を割らないという。

「理由は無《な》か。ただ、あいつがむかついただけばい」

向井ケイスケはそう言って、ひどくしかられたそうだ。

そのまま二人が険悪になって、どちらかが合唱部をやめることになるのかなとおもっていた。しかし数日もたてば二人とも普通に話すようになって、何事もなかったようにふるまっている。割れた窓のところにはボール紙が貼《は》られて応急処置がなされていた。もしもそれがなかったら、喧嘩があったことなんてだれもがわすれてしまっただろう。禍根がのこらなかったのはよかったけれど、その騒動があって以来、女子部員が男子部員を見る目は余計につめたくなった。男子は粗暴な生き物であるという認識を女子に植えつけてしまったらしい。

「おい、サトル、明日の午後はひまか？」

学校で向井ケイスケに聞かれた。翌日は土曜日のため学校は休みである。

「リクが試合するけん、観に行くぞ」

翌日、僕は向井ケイスケに連れられて、三田村リクが所属する柔道部の練習試合を見学することになった。学校の敷地の片隅に武道場と呼ばれる建物があり、屋内には柔道部の部室と畳敷きの広間があった。柔道部の顧問の先生は、僕たちが合唱部の人間だとしるとしぶい顔をした。三田村リクから柔道の練習時間をうばったと、うらまれているのかもしれない。でも、実際はそれほど時間をとらせているわけではないので、運動部の顧問の先生はもっと合唱部に人材をわけてくれればいいのにと僕はおもっている。

ほかの中学校からやってきた柔道部員と、うちの中学校の柔道部員が武道場で戦った。柔道着に身をつつんだ三田村リクは、彼とおなじくらいの巨漢と試合をして見事に勝ちをうばう。試合後、窓を開け放しているとはいえ、武道場のなかはこうばしい熱気が充満していた。

シャワーを浴びて私服に着替えた三田村リクが、武道場を後にするとき、一年生や二年生の柔道部員たちが彼にむかって頭を下げ、威勢のいい声で挨拶《あいさつ》をした。みんなから慕われているのがつたわってきた。僕とは正反対である。

三田村リクは山道を越えた地域からスクールバスで通っている。休日にスクールバスは運行していないため、帰りは一時間に一本の路線バスに乗って家にもどるらしい。バス通学者には学校から通行証のようなものが配布されており、それを路線バスの運転手に見せると、地元と学校の区間を無料で乗せてくれるのだという。

次のバスの時間まで余裕があったので、三人で近所のラーメン屋へ行った。こんな風にクラスメイトと外で食事をするのははじめてだった。ラーメンを食べながら、三田村リクの住んでいる地域のことを聞いた。彼の住む集落は島のなかでも僻地《へきち》と言える場所だ。数年前までは集落に至る山道が細すぎて、バスが通行できなかったらしい。そのため、中学校に通学する際、漁師の組合の手を借りて船を出してもらい、バスの通行可能な場所まで海上を運んでもらっていたという。

「今は山道の整備が済んだけん、無事にバスが通るようになったばい。うちの婆ちゃん、家の前をバスが通るたびに手ばあわせて拝むとぞ」

娯楽のすくない場所だったから、彼はひたすらに柔道の練習にあけくれて、家にいるときは兄の影響で本を読んでいたそうだ。

向井ケイスケは僕がよそ見をしているすきにチャーシューを盗み、三田村リクは大盛りでも足りなかったらしくチャーハンと餃子《ギョーザ》を注文していた。

「おなじ合唱部やったら、長谷川も遠かところに家があるらしかねえ」

向井ケイスケが言った。そういえば僕は、彼女の家がどのあたりにあるのかをしらない。

「長谷川さん、どこに住んどると？」

僕の質問に、三田村リクがこたえる。彼の口にした地区は、たしかに僻地と言える場所だった。遠い地区の生徒から順番に乗せていくという朝のスクールバスで、長谷川コトミは一番初めにバスに乗りこんでいるらしい。

「神木《かみき》先輩とおなじ地区やったよな、たしか」

向井ケイスケの言葉に三田村リクがうなずく。

「神木先輩?」

僕は問いかけて、ふと一年前まで中学校にいた男子の先輩をおもいだす。

目鼻立ちが整っており、ちょっと悪そうな感じの人だった。

髪型も服装もふつうだけれど、かもしだす雰囲気が不良っぽいのだ。

廊下ですれちがうとき、すこしこわかったのをおぼえている。

「あの二人、今もつきあっとるとやろか」

三田村リクが言った。

「え?」と僕は聞き返す。

「おまえ、しらんやったと?」

向井ケイスケがおしえてくれた。

「家が近所で幼なじみらしかよ。地元ではラブラブやったって話ばい。学校ではわざと距離ばおいて、隠しとったみたいやけど。公然の秘密みたいなもんよ」

第三章

拝啓　若葉の薫《かお》る候となりましたが、いかがおすごしでしょうか。などと、季節の挨拶《あいさつ》をしてみましたが、不要だったかもしれませんね。なぜなら、十五年後にこれを読んでいるあなたが、おなじ季節に手紙を見つけるという保証はないのだから。

自分宛《あて》にだなんて、なんとも気恥ずかしいものですね。あなたは私のことをすべてご存じのはずですし。でも、せっかくなので、私の抱えている悩みを文章としてのこしておくことにします。悩み事をこうして書き出すことで、心の整理がつくはずだから。

現在、私が抱えている悩みは三つあります。

ひとつめは、合唱部の男子部員がなかなか練習してくれないことです。全員がおなじ方向に足並みをそろえることができなければ、今度のNコンは悲惨な結果になることでしょう。

ふたつめは、指揮をうまくできるかどうか、という心配です。私の場合、「こういう風に歌って欲しい」という意識がつよすぎるのかもしれません。みんなに窮屈な思いをさせているようです。もっと、その場の流れに敏感になって、臨機応変にやっていくべきでしょう。

最後の悩みは、松山先生のことです。先生は、現在、出産と育児のために一年間の休みをとられています。松山先生に赤ちゃんができたとうかがったとき、最初のうちは素直によろこびました。でも、職員室を出入りするなかで、松山先生の体に関する噂《うわさ》を聞いてしまったのです。先生は生まれつき心臓が弱く、生徒にはしられていませんが、これまでにも何度か入退院をくりかえしていたそうなのです。出産にその体が耐えられるのかどうか、先生方は心配されているようでした。松山先生ご自身にうかがってみたところ、心配するから合唱部のみんなには言わないでほしい、との返事をいただきました。

出産時、命の危険があるのだそうです。医者からも、家族からも、出産をかんがえなおすようにと言われたそうです。でも、先生は、産むと決めたのです。柏木先生が東京での生活をはなれ、一時的に五島で教職を引き受けたのも、松山先生のことが気がかりだったためではないでしょうか。

今、私はとてつもなく不安です。この前、夢にまで見てしまったのです。

見た夢とは、次のようなものでした。

合唱の練習をしていると、柏木先生のもとに、松山先生のご家族から電話があるのです。柏木先生が電話を受けている間、私たちは合唱を中断します。電話をしている先生の顔色が、次第に悪くなってきて、口元をおさえてうごかなくなるのです。「どうかしたんですか?」と私たちが聞いても、柏木先生は涙をこらえるだけで、おしえてくれないのです……。

あなたなら、すでに結果をご存じでしょう。どうか、何事もなく、母子ともに健康であってほしいです。

敬具

＊＊＊

男子反対派の女子部員たちが辻エリを筆頭に職員室前に集合したのは昼休みのことだった。私は直接、その現場に立ち会ったわけではないのだが、後になって辻エリ本人から詳細を聞いた。彼女たちは職員室に入ると、自分の机でぼんやりしていた柏木先生をとりかこんで、男子のことを直談判《じかだんぱん》したというのだ。

「男子が第二音楽室に出入りするようになって、部屋がきたなくなりました」

「窓ガラスも喧嘩《けんか》のときに割れちゃったし」

「もう、男子を部屋に入れたくありません」

辻エリも説明する。

「今の男子のレベルでは、Nコンに出るのがはずかしいです。女声三部合唱の練習に切り換えるべきじゃないですか」

これまでは女子部員だけでうまくやれていた。完成度の高い合唱ができていた。わざわざ力量不足の男子といっしょにNコンへ出場するひつようはないはずだ。混声合唱は文化祭などの校内のイベントで披露すればいいのではないか。Nコンを勝ち進むために今回は女声三部合唱で出場させてほしい。彼女たちは柏木先生にうったえた。

「なるほど、みんなの気持ちはよくわかったよ。ちょうどここに、Nコンの参加申込書がある」

みんなの話を聞いて、柏木先生は、机から一枚の書類を取り出す。学校名や指揮者名、伴奏者名などの、いくつかの項目はすでに埋められていた。しかし、歌唱人数や自由曲の題名、そして歌唱形態の項目は白いままの空欄である。歌唱形態のところに【女声三部】と記入してもらうことが彼女たちの希望だった。柏木先生はボールペンを取り出して、みんなの前で書きこむ。

「これが答えだ」

【混声三部】。合唱形態の項目にはそう書かれた。職員室に合唱部員たちの悲鳴がひびき、ほかの先生方がいっせいにふりかえったという。

「だれも切り捨てない。全員で前にすすむ。そう決めたんだ」

柏木先生はそう言ったという。

「どうしてです？」

辻エリがそう聞くと、先生は自嘲《じちょう》気味な顔をする。

「昔の自分だったら、みんなの意見に賛成してたとおもうよ。勝つためにはしかたないって。でも、それじゃあ、何のために歌ってるの？」

職員室を出ると、女子部員たちは口々に先生への不満をもらしはじめる。彼女たちの言い分はつまりこうだ。「このままでは年に一回しかないNコンが悲惨な結果になってしまう」「三年生にとっては最後のNコンなのに、これでは台無しだ」「柏木先生は天才少女だったらしいから、私たちの気持ちがわからないのだ」「そもそも、男子は先生を目当てに入部してきたのに、どうして自分たちが被害をこうむらなくてはいけないのだ」。

辻エリは彼女たちを諭《さと》さなくてはいけなかった。

「先生が決めたことやけん、しかたなかよ。先生の悪口ば言う子、私は好かんばい」

銀縁メガネをかけた部長のことを全員が慕っていた。彼女たちはそれ以上、先生の悪口を言わなかった。かといって、まるくおさまったはずもなく、合唱部内には深い溝ができたままとなった。

男子肯定派と反対派の内部分裂の影響は、如実に合唱へはねかえってきた。たとえば全員で歌っている最中、周囲で歌っている仲間の声を聞いて、それに自分の声を合わせる瞬間がある。男子部員は別として、これまで女子部員はそれができていたはずなのに、急にできなくなってしまった。自分と異なるかんがえを持った人の声は、無意識に避けるようになるらしい。人間とはそういうものだ。結果として合唱の統一感が失われてしまったのである。その様子はまるで、空の上を飛んでいる最中に分解しはじめる飛行機を連想させた。

日曜日の午前中、家の電話が鳴ったので、祖父が受話器をとった。

「なんか、おまえか。どこにおっとか。そうか。そりゃ無理ばい。おまえでどがんかせれ」

そっけない返答をして、祖父は受話器をおろした。だれからの電話だったのか、聞かなくともわかった。お金の無心をする電話が一ヶ月おきにかかってくるのだ。おなじ部屋に私と祖母もいたけれど、祖父が電話を切った後も、特別に父のことが会話にのぼることもなかった。家族って何だろう、とかんがえさせられる。私と父はまだ家族なのだろうか。血のつながりはあるけれど。

父は巣立っていったのだ、と理解することにしよう。私や母のいる家族という共同体から、愛人とともに生きる新生活のために巣立っていったのだ。五島に生まれた子どもたちが、高校卒業とともに、大学進学や就職のためいっせいに島から出ていくのとおなじように、巣立っていったのだ。あるいは、胎内で育《はぐく》まれた生命が、母親のおなかから出てくるように。人生をまっとうした母が、この世から出て行ってしまったように。

今いる場所は、やがて、かつていた場所になる。生命とは、そういうものなんだろう。

そういえばずっと以前に、おせっかいな親戚の夫婦が、父を擁護したことがある。祖父母と私が父に対して絶縁状態であることを責め、「なかなおりするべきばい」と忠告してきたのだ。「ナズナにとっては唯一のお父さんばい？　受け入れてあげんとかわいそうよ？」と。親戚のあつまりがあるたびに彼らは、祖父母と私を責めるような発言をし、自分たちの愛情深さを見せつけて悦に入っていた。やっかいな人たちだなあとおもっていたが、ある時期から急に何も言わなくなった。

後にしったが、その夫婦は独自に父と連絡を取りあい、九州本土で暮らしていた父を五島に呼びもどしていたらしいのだ。ちなみにそのとき父はひとりだったらしいので、私たちを捨ててまでいっしょになった相手とはわかれていたのだろう。

おせっかいな親戚夫婦は、父を家に招き入れて、肉親から絶縁された境遇に同情し、なぐさめていたという。父は夫婦に対して涙ながらに感謝の意を示し、生活費の工面をしてくれないかともうしわけなさそうに言った。父は仕事をさがしていたが、やとってくれる職場がなかったのである。夫婦は自分たちのやさしさを証明したくて父に生活費をわたしたそうだが、そのとき父は土下座して涙をながしていたという。

しかしそれは父の演技なのである。父はその後も定期的に生活費の工面を請うようになり、はじめのうちは低姿勢でお金をもらっていたけれど、いつからかそうするのが当然という態度で夫婦に接しはじめる。ようやく夫婦も様子がおかしいとおもいはじめたがもうおそい。父に職場を紹介したが、問題をおこしてすぐに辞めさせられ、紹介した親戚夫婦の面目もつぶれてしまう。家にも居座られるようになり、昼間から親戚夫婦の家で横になってテレビを見る始末。父は貧相な男だけれど、そういうやっかいなところがある。法律を違反しない程度に、善意の心につけこんで、好き放題にしはじめる。

親戚夫婦が父にたいして怒ると、「自分たちが家に招いてくれたんじゃないか」とか「困っているならたすけてあげると言ったくせに」とか言い出す。事実だったので親戚夫婦は反論できない。のらりくらりと言い訳をつづけ、あつかましかった自分の態度を謝り、泣いて反省し、許しを求めるが、絶対に家からは出て行かない。最初に夫婦が見せた同情心をひきあいに出してすがりつき、家にとどまろうとする。

結局、奥さんの方が耐えきれなくなって実家へもどり、旦那さんは私の父とふたりだけでしばらく家に住んでいたという。最終的には、旦那さんがしりあい数名をあつめて父を力任せに家から追い出し、九州本土行きのフェリーに押しこんだという。父は「ひどい！　訴えるぞ！」と泣きわめいていたそうだ。

親戚夫婦の家に父がいたのは数ヶ月間のことだった。その時期、自分とおなじ島内に父がいたのだとしって悪寒がはしった。父と一度も遭遇しなかったことは幸運以外のなにものでもない。

はっきりと事情を聞いたわけではないけれど、父母が結婚したのは、母が私を妊娠してしまったせいだとおもう。カトリック信者だった母は、私の堕胎をかんがえず、父との結婚を決意した。

私は母にもうしわけなくて泣きそうになる。私を堕胎してもいいから、結婚しないほうがいいよと、時間を遡《さかのぼ》って言ってあげたい。母を不幸にした人をひとりずつ挙げていくとするなら、父の次に、私の名前がならぶのかもしれない。産んでくれてありがとう、という気持ちよりも先に、私が生まれたせいでごめん、という気持ちになる。

「ナズナ、どこに行くと？　今日は日曜ばい？」

父のことを頭から追い出す。制服に着替えた私に、祖母が聞いた。

「ちょっと学校に行ってくるけん。部活のことで、先生に呼び出されとると」

「ふうん、大変かねえ」

祖父母に声をかけて家を出た。空は曇り空で、海は寒々しい灰色をしていた。

学校に着くと、ほぼ無人の校舎に入る。がらんとした廊下を移動し、第二音楽室がちかくなると、ピアノの音が聞こえてきた。作詞作曲作業をするため、柏木先生から呼び出しを受けていたのだ。先生はすまなそうにしていたが、私はやることもなかったので快諾した。

柏木先生と合流して作詞作曲作業をすすめた。先生はなんと曲を完成させており、ちゃんと合唱風の音楽に仕上げていた。時間も四分三十秒以内におさまっている。

途中まで書き上がった歌詞を見せて、伴奏にあわせて歌ってみる。その場で書き換えながら、すこしずつ出来上がっていく。しかし、途中で行き詰まってしまい、完成には至らない。

「もう、限界です。私の能力を越えた仕事ばい。ギブアップしたいです」

私が泣きつくと、先生はゆるしてくれた。

「そうだな、おまえはがんばった。後は、合唱部全員でつくってみるか」

「そうそう、それがいいですよ」

作詞の責任が分散されて、私には都合が良い。

「題名はどうする？　Nコンの参加申込書に、自由曲の題名を書かなくてはいけないんだ」

申込の締め切りは六月に入ってすぐだという。歌詞が未完成の状態だけど、とにかく題名だけでもかんがえるひつようがあるらしい。題名について、あれこれと話しあっていると、おなかがすいてきた。休日に呼び出したかわりに、先生が昼食をおごってくれるというので、先生の愛車に乗りこんで学校を出発した。

先生の親戚が農作業につかっていたという軽トラックは、ふつうに走行したけれど、洗車をしていないらしく、あいかわらず泥まみれだった。しかも、前に見たときより車体のへこみがふえている。柏木先生がぶつけまくった結果だろう。

車は町外れのパチンコ店がならんでいる通りに入る。どこの駐車場にも車がぎっしりとあった。パチンコは人気のレジャーで、休日になると島の大人たちは大抵ここへ遊びに来る。橋でむすばれている他の島からも車でやってくるほどだ。

「先生、あの自由曲、どうして今までほったらかしにしとったと?」

軽トラックのエンジンの振動をおしりの下に感じながら私は聞いた。この先生が、曲を完成させていたことが意外だった。頭の中には音楽のつづきがすでにあって、ほんとうはいつでも完成させられたのではないか。

「あの曲、ハルコの結婚式で演奏するつもりだったんだ」

ハンドルをにぎって前方を見つめる先生の横顔は、鼻がすっとして、彫刻のようだった。

「松山先生の、ですか?」

「東京で、あいつの報告を聞いたんだよ。ちょうど新宿の人が多い場所でね。携帯電話越しに、結婚するって話を聞いたんだ」

「結婚したの、一昨年ですよね？　未完成の曲ば式で演奏したんですか？」

「別の曲を演奏したよ。あたりさわりのない、結婚式にふさわしい曲を」

赤信号になり、先生は軽トラックを停止させる。前方の横断歩道を渡る人はいない。

「先生、ひどかね。友だちの結婚式で弾く曲ば、ほったらかしにしとったと？」

「だって、ハルコの結婚相手、中学のとき、私がつきあってた男子なんだぞ」

ハンドルをにぎった手を、ひらいたり、とじたりさせて、先生はなんだか、居心地がわるそうだった。

詳細を聞いてみる。中学時代に松山先生とその旦那さんと柏木先生は三角関係にあり、松山先生は身を引いたという過去があったらしい。その後、柏木先生とその人は別れてしまい、その人は松山先生とつきあいはじめて、めでたく結婚したというわけだ。柏木先生は結婚の報告を受けて作曲をはじめたものの、当時のことが頭をよぎってしまい、途中からやる気がおこらなくなったという。

「……先生ば見損ないました。中学生のくせに男子とちゃらちゃらしよったとね」

「ナズナは男女交際にきびしいね」

「不潔ばい、先生」

「他の部員には内緒だからね」

青信号で軽トラックは発進し、角をまがり、うどん屋のある通りに入った。私たちが目指している店は地元の有名店で、家族や親戚と何度も行ったことがある。

「でも、柏木先生ち、むかしからきれいやったとですか？」

「告白は、されるほうだった」

「大勢ふったんでしょうねえ」

「あいつにはふられたんだけどね」

あいつ、というのは、松山先生の旦那さんのことだろう。

「なんでふられたんです？」

「むこうが私に、愛想をつかしたんだ。私は五島にいるとき、天狗《てんぐ》になってたから。十五年間、ずっと後悔してる。ずっとだよ」

「先生、うつむかんでください……。車が道をそれてます……」

今さらながら、シートベルトのゆるみをなおす。

「この十五年間で、自分は、なにを成し遂げられただろう。Wiiリモコンの振り方がうまくなったことくらいかな……」

「うすっぺらい半生でしたね。しかも、Wiiが発売されたのって最近だし」

「合唱って、今までしらなかったけど、おもしろいよな」

柏木先生が、おもいだしたように言った。

「一人だけが抜きん出ていても、意味がないんだ。そいつの声ばかり聞こえてしまう。それが耳障りなんだ。だから、みんなで足並みをそろえて前進しなくちゃいけない。みんなでいっしょになって声を光らせなくちゃいけない。なによりも、他の人とピッチを合わせることが武器になるんだ。だから、だれも見捨てずに、向上していかなくちゃならない」

「あの曲、自由曲にしてしまって、ほんとうに良かったんですか？」

「そうでもしなきゃ、完成させられなかったよ。それに、このまえハルコの家に行ってきたんだ。おなかがおおきかった。今度こそ、あの曲で祝福しなくちゃな……」

うどん屋の駐車場に軽トラックをとめて、こぢんまりとした店内に入る。山小屋のような作りの店だった。私の住んでいる島は、ほとんどが山地であり、米を栽培するのにあまり適していない。そのため、米のかわりに麦を栽培してうどんをつくっていたら、それがいつのまにか名物になっていたという。

観光客らしき人が店内にいた。髪型や服装や雰囲気で、地元の人かどうかがなんとなくわかる。

「うどん、ひさびさだな」

「うちはしょっちゅうです。休日のお昼は大抵そう。東京からもどってきて、五島のこと、どがん見えます？」

「タイムカプセルみたいだよ」

「タイムカプセル？」

「東京って、どこも、めまぐるしく変化してる。ここはずっと変わってないな。この前、実家に行ってみたんだけどさ、私が子どものころから近所に住んでるしわくちゃのお婆ちゃんが、今もおなじ姿で畑仕事とかしてるの」

うどんはおいしかった。おなかがいっぱいになり、トイレに行き、もどってみると旅行者らしいわかい男が柏木先生に話しかけていた。

男のちゃらい服装からして、どうやらナンパにちがいない。私がちかづくと「こちらの方は、妹さんですか?」などと言う。「まあ、そんなようなもんです」と柏木先生はこたえた。ナンパ男は私の顔と制服を見て、さらに柏木先生の顔や服装をじろじろながめる。「地元の方なんですか? てっきり、俺とおなじ旅行者だとおもって話しかけちゃったんだけど」。なんだか私を見るときの目が、サツマイモを見るような目だった。先生の声が低くなる。「いいえ。どうしてそうおもったんです?」「方言がありませんよねえ?」「出そうとおもえば、出せますよ」。先生は観光客の右耳を指さす。「みんのみんにみじょかもんばしとるねえ」。観光客は「は?」と言って固まった。彼の右耳には、かわいらしいピアスがしてある。「さあて、そろそろ、行こうか」。先生は会計をした。

ナンパ男をのこして店を出ると、おたがいに無言で軽トラックにのりこむ。シートベルトをして、エンジンをかけて、発進直前になって急におかしくなり、私たちはふきだした。ナンパ男の、あっけにとられた顔をおもいだして、おなかをかかえてわらった。

「そういえば、向井と篠崎が喧嘩した件だけど、喧嘩の原因しってる?」

帰り道の車内で柏木先生が聞いた。すでに喧嘩の記憶は風化しはじめていたので、なぜ今さら話題にするのかと疑問におもう。

「ケイスケのバカは、死んだ方がよかですね。篠崎のことがむかついたけん殴ったって、そがん言いよっとでしょう？」

柏木先生は運転しながら苦笑した。

「いや、実はね、向井に口止めされてるんだよ。ほんとうは、なんで喧嘩になったのか、私にだけ教えてくれたの。篠崎にも、ほかのやつらに話すなって言ってるみたいだし」

「へえ！　なにやらおもしろそうな話ですねえ！」

向井ケイスケがそれほどまで秘密にしたがっていることとはなんだろう？　その情報を交渉材料として、大昔に書いたラブレターを破棄させることも可能ではないのか？

「さあ、おしえてください、あのバカが喧嘩した理由を」

柏木先生は、一瞬だけ私を横目で見て、ため息をついた。

「原因は、おまえだ」

「え？」

「今の合唱部って、男子と女子の間に亀裂があるだろ。女子が男子の悪口を言うから、男子も女子の悪口を言うわけ。篠崎のやつ、おまえの父親のことをどこからか聞いたらしくてね。……悪いけど、家庭環境のこと、担任の塚本先生から聞いてるよ。篠崎は、おまえの父親のことを持ち出してきて、おまえの悪口を言ったんだって。それをたまたま耳にした向井ケイスケが、おもわずかっとなって殴っちゃったんだってさ」

＊＊＊

図書室に付属した視聴覚室で昼休みをすごすことにした。視聴覚室には仕切りによって一人ずつの個人スペースに区切られたテーブルがある。それぞれのスペースにはディスプレイとCD・DVDプレイヤー、カセットデッキやヘッドフォンが備わっており、図書室にある音楽や映像のメディアを視聴できるようになっていた。

奥まった場所に座り、第二音楽室でダビングしたカセットテープをセットする。ヘッドフォンから、歌詞のピアノ伴奏が聞こえてきた。合唱風に完成させた柏木先生作曲の自由曲である。合唱部員は全員、この録音テープを聴いて作詞の手伝いをすること、という宿題が出されていた。テープといっしょに、仲村ナズナのノートのコピーをもらっている。それにはまだ制作途中で穴あき状態のような歌詞が綴《つづ》られていた。全員に意見を聞いて、良さそうなフレーズを持ち寄ってはめこみ、一曲完成させるという作戦だった。

音楽を聴きながら、仲村ナズナのつくった歌詞をながめる。未完成だけど、おおまかな内容はつかめた。ノートをひろげて、歌詞の未完成部分をかんがえる。自分の心の中から言葉を探しはじめる。兎《うさぎ》がかけまわるように、言葉たちは逃げようとするので、懸命に腕をのばす。つかまえた言葉をノートに書き写し、でもやっぱりちがうと感じて消しゴムで消して、また別の言葉をつかまえにいく。

視聴覚室には僕のほかにも三人ほどがいた。いずれも仕切りのむこうで突っ伏している。教室に居場所がなくて、校内をさまよったあげく、ここで安らぐことにした者たちだろう。つまり僕の同類だ。

歌詞の穴埋め作業をはじめて三十分ほど経過した。視聴覚室の扉は上半分がガラス張りになっており、室内に入ってこようとする人の顔が見えるのだが、そこに見知った顔があらわれる。長谷川コトミだった。彼女が扉を開けて視聴覚室に入ってくるのがわかり、僕はおもわず机にふせて仕切りの陰にかくれた。ヘッドフォンで音楽を聴きながら寝ているように装う。顔をかくしていれば、僕に気づかないで素通りしてくれるはずだ。

長谷川コトミは神木先輩とつきあっている。

ラーメン屋でその話を聞いた瞬間から、食欲が減退し、不眠症になやまされていた。学校でも口数がすくなくなり、わらうことがなくなってしまったけれど、以前からそうだったので、クラスメイトたちは僕の様子がおかしいことには気づいていない。ただひたすらに、日々、つらい胸の痛みを抱えながらすごしていた。

目をつむっていると、となりにだれかの座る気配がする。背筋に緊張がはしった。視聴覚室はがらがらの状態だったから、わざわざだれかのとなりに座るひつようはない。細目をあけて、そっとうかがうと、長谷川コトミが座ってこちらを見ていた。彼女はいたずらっぽい顔になる。

「やっぱり寝たふりやったね。ふせるのが見えとったばい」

おもいのほか、顔がちかい。彼女の瞳に、まぬけな自分の顔がうつりこんでいた。

「桑原くんは、寝たふりが好きやもんね」

「……なんのこと？」

「まだしらんふりね？」

心臓が鼓動をはやめる。一昨年の出来事について言っているのにちがいない。ということは、あれはやっぱり夢ではなかったということか。

彼女は僕の手元をのぞきこむ。耳にかかっていたさらさらの髪の毛がながれて僕の目の前でゆれた。

「なんばしよると？」

「自由曲の作詞」

「ああ、例のやつか」

視聴覚室は静かだったので、声をひそめている。まるで内緒話をするように。神木先輩のことが頭にちらつくけれど、声や表情に出さないよう気をつけた。それにしても、以前はつっかえながらでないと会話できなかったのに、今ではこんな心情のときでさえスムーズに声が出る。発声練習して、喉《のど》を毎日、つかっているからだろう。

「長谷川さんは？　なんでここに？」

「私、よくここに来るとさ。ひとりになれるけん、よかよね」

「ひとりになりにくるって、贅沢《ぜいたく》ななやみだよ」

「そう？　そういえば、桑原くんはひとりでおることがおおかよね」

「ぼっちには定評があるとさ」

「桑原くんて、変な人ねえ」

彼女もひとりになりたいときがあるのだろうか。そんなことをかんがえる。

「さっき私が入ってきたとき、頭をふせて気づかれんごとしたやろ。ちゃんと見えとったよ。私ばさけとると？」

「別に……」

長谷川コトミが顔をよせてくる。なにかいい香りがした。

彼女のくちびるがすぐ目の前にきて、すきまから白い歯がちらりとのぞく。

「私が、うぜーとか、死ねとか、言っとったけん？」

「なんのこと？」

「寝たふりやったこと、しっとるよ。だってあんとき、桑原くんの制服、汗がにじんどったとよ」

「…………」

「私、桑原くんがいいひとってしっとるよ。だって、あんときのこと、だれにも話さんで、秘密にしとってくれたけん」

「……長谷川さんは、ああいうこと、言わない人っておもっとったよ」

彼女は、にこりとほほえんだ。

「言わんようにしてるだけ。そしたらまわりが勝手に、私のことを、お淑《しと》やかな人だっておもいこんだとよ。天使みたいなね。しょうがなかけん、いい人を演じてると。もうやめられんとさ」

「長谷川さんって、表と裏があるとね」

「八方美人やけんね。ところで、それ、読んでもよか？」

彼女は僕のノートに視線をむける。のぞきこもうとするので、ノートを閉じる。

「読ませてよ」

「はずかしいけん無理ばい」

「ほとんどナズナが作ったとやろうが」

「そりゃそうやけど」

僕が迷っていると、長谷川コトミは、百人一首のプロも青ざめるほどの素早い手さばきで、机の上からノートをさらった。僕はため息をついてあきらめる。

「わかったけん、図書室の方で読んできてよ。目の前で読まれるのは、はずかしか。読み終わったら、返しにきてくれる？」

「おーけー！」

長谷川コトミはノートを持って視聴覚室を出て行った。ノートが持ち去られてしまい、作詞のできなくなった僕は、テープを再生して自由曲をくり返し聴いた。

十分が経過しても長谷川コトミはもどってこなかった。作詞した箇所を読むだけなら三分もかからないはずだ。もしかしたらノートのほかのページも読んでいるのだろうか？　変な落書きなどはしていないはずだから、読まれても別にかまわないのだけど。しかし、何か重大なことをわすれているような気がした。この胸騒ぎはなんだろう。そして、気づいた。

「あー！」

おもわず叫んでしまうと、視聴覚室でうたた寝をしていた生徒たちがおどろいて起きたり、椅子から落ちたりする。僕は図書室に飛び込んだ。長谷川コトミの姿をさがすと、隅っこの椅子《いす》にすわっている。予想していた通り、彼女は原稿用紙を広げて読んでいた。未来の自分あてに書いた僕の手紙である。ノートにはさんでおいたのを、たった今までわすれていた。

僕の視線に気づくと、長谷川コトミが手紙から顔をあげる。原稿用紙の最後の一枚だった。勝手に読むなんてひどい。怒りがわいたけれど、長谷川コトミの表情を見て感情が引っ込む。

後悔とも、哀れみともつかない、複雑な表情をしていた。

手紙には、だれにも相談できない僕の秘密を書いていた。兄のことにも触れている。だから、一人っ子だと嘘《うそ》をついたこともばれてしまったはずだ。

「……ノート、ひろげたら、足もとに落ちてきたと」

長谷川コトミは手紙を折りたたんで僕に差し出した。受け取って、ノートにはさみ、長谷川コトミに背中をむけて視聴覚室にもどろうとする。一刻もはやく、その場を逃げ出したかったのだ。そのとき、彼女に手首をつかまれた。異性の手が自分に触れるのは、小学校の運動会で男女混合のダンスをおどったとき以来である。彼女の指は、ひんやりとしていた。

「桑原くん……」

「なん？」

「その手紙、ほんとうのこと？」

「うん。みんなには秘密ばい」

「……わかった」

「これば読んで、僕のこと、気持ち悪いっておもった？」

「おもうわけなかやん。ただ、ちょっとおどろいただけばい」

それ以降、長谷川コトミと話す機会があっても、手紙の内容に関する話題は出なかった。


五月下旬は雨の日がつづいた。雨雲のせいで室内はうす暗い。電気をつけると、整列している僕たちの姿が窓ガラスにうつりこんだ。湿気の充満した第二音楽室で、仲村ナズナは鼻をおさえて僕たち男子のほうをにらんでいた。

辻エリは以前にもまして熱心に男声の指導をするようになった。混声合唱でNコンに出場することが決定した今、恥をかかないためには、男子を上達させるしかないのだろう。幸いなことに、さぼりながら練習をしていたとはいえ、この二ヶ月間で男子の声も多少は良くなっていた。窓ガラスにうつる自分たちを見ると、合唱部の立ち姿をしている。腰から下を安定させ、よけいな力を抜き、まっすぐに前をむいてならんでいる。

しかし、そんなある日のことだ。パート別の練習時間になり、男声パートは技術室にあつまった。あいかわらず柏木先生のいないところだとやる気がおきないらしく、だらだらと親しい者同士でおしゃべりをつづけていた。

「もう！　混声合唱で出場するって応募したっちゃけん、ちゃんとやって！」

辻エリが声を荒らげた。

「ちゃんとやってますよ部長。やけんおこらんで、冷静にいきましょうよ」

二年生の篠崎が携帯電話をいじりながらそんなことを言って、それに辻エリは言い返し、今度は別の男子が言い返した。険悪な雰囲気で言葉がぶつかり、最終的には辻エリが技術室を出て行ったのだが、その際に引き戸が勢いよく閉められて、別の部屋にまでひびくようなすごい音がした。男子全員が無言になり、何人かが「あーあ」と言いながら篠崎をふりかえった。

「お、俺のせいスか？」

篠崎は三年生に対して取り繕《つくろ》うようにわらった。

僕たちは辻エリがもどってくるのを待ったけれど、パート別練習にあてられた時間が終了しても彼女は姿を見せなかった。第二音楽室にもどってみたがそこにもおらず、事情を聞いた女子部員の大半が僕たちを非難した。

最近は男子に対して温厚になっていた仲村ナズナも、このときばかりはがまんできなかったらしい。冷ややかな目で言った。

「あんたたちは、ほんとうに、どうしようもなか。もう、しらん。死ね。そして地獄におちろ。生き返って、もう一回、死ね」

普段は言い返す向井ケイスケも、口をつぐんだきりだまっていた。

「部長の荷物はここにあるから帰ったわけじゃないだろう。さがして土下座してきな」と柏木先生が話しているところに辻エリがあらわれる。彼女は全身がずぶ濡《ぬ》れだった。銀縁メガネのレンズにも水滴がついており、前髪の毛先からも滴《しずく》がたれている。話を聞いてみると、雨の降る中、頭を冷やすため屋上に立っていたという。男子の何人かが謝ろうとしたけれど、彼女はそれを受け付けなかった。

「私はただ、パト練の指導ば、さぼっただけです。男子とおなじばい。それよりも先生、合わせの練習ば、やりましょうよ。帰りのバスの時間になるけん」

柏木先生は、彼女を体操服に着替えさせた。その後、なにごともなかったように合唱をして一日の練習が終わったけれど、辻エリは風邪《かぜ》をひいたらしく、翌日は学校を休むことになった。

三年一組の授業がすこしだけはやめにおわったので、校舎を散歩しながら、ちらりと三年二組の教室を窓からのぞいてみた。ぼんやりと窓の外を見ている向井ケイスケや、ノートをとっている長谷川コトミ、あくびをしている横峰カオルらの姿が見えた。ひとつだけ無人の机があり、そこが辻エリの席である。後に三田村リクから聞いたのだが、その日の給食で辻エリの分のムースがあまったらしく、それを食べたい男子の間でじゃんけん大会になったという。

「俺も三年二組やったらなあ。ムース争奪戦に加われたとになあ」

三田村リクは残念そうに言った。たった一個のムースのためだけに!? とおもったけれど、だまっていた。

放課後、第二音楽室でおこなわれた合唱の練習はひどい出来だった。惨憺《さんたん》たる有様とは、まさにこのことだろう。辻エリは合唱部の規律そのものだったのだと、いなくなってはじめて全員がしる。若気《わかげ》のいたりで無軌道におしゃべり街道を突っ走る男子と女子、業《ごう》を煮やして自分たちだけで練習をすすめる一部の者たち。一応、これではいけないとおもったのか、仲村ナズナが柏木先生をせっついて一通りの練習をさせるが、最終的に全員で歌った課題曲『手紙』は、『呪《のろ》いの手紙』と呼んだほうがいいくらいの不協和音だった。

「明日はきっと、部長も来るだろうし、ちゃんとやろうな」

柏木先生も、これはさすがにやばいとおもったらしく、そのように全員をはげました。

しかし次の日も辻エリはこなかった。隣の教室をのぞいて、彼女の席が無人であるのを確認し、僕はひそかにため息をつく。小学校時代、ずっとクラスメイトだったけれど、こんなにも彼女の登校を待ちわびたのは、はじめてのことだ。

辻エリに風邪をひかせた原因は男子部員にあるわけで、辻エリを慕っている後輩の女子部員は、いよいよ男子部員を目の敵《かたき》にしはじめる。それまでにも溝はあったが、いまやその深さは修復不可能な日本海溝レベルとなり、うっかり目を合わせたら舌打ちをされるほどである。

辻エリの親友である仲村ナズナも、さぞかし男子部員を恨んでいるにちがいない。彼女から復《ふく》讐《しゅう》されることを向井ケイスケはおそれていた。

「みんな、背後に気をつけろよ。吹き矢かなんかで攻撃されるかもしれんけん。たぶん、矢の先端にカエルの毒ぐらいは塗っとるばい」

彼は他の男子部員に仲村ナズナのおそろしさを語った。制服の胸ポケットには、ピンク色をした謎《なぞ》の便せんを常にしのばせており、「これがあればだいじょうぶ。どんな攻撃からも守ってくれるはず」と自分に言い聞かせていた。便せんの正体は不明だが、お守りかなにかだろうか。しかし、廊下で仲村ナズナとばったり遭遇した際、「エリが復帰したら謝りなさいよ」と言われただけで済み、むしろ向井ケイスケのほうが困惑していたという。

昼休みになると、向井ケイスケや三田村リクにさそわれて、校舎横のソテツの前にむかった。通称、奇跡の場所である。雨雲が空を覆い、今にも雨がふってきそうな気配だった。向井ケイスケと三田村リクは、校舎に設置された外階段を横目で気にしているけれど、だれもやってくる気配はない。そのうちに僕たちの話題は、提出期限のちかづいている進路希望調査書のことになった。

「サトルはもう進路ば決めたとか？」

三田村リクが聞いた。僕はうなずいて、島内の高校の名前を口にする。

「俺もばい」

「俺も」

五島列島内に高校はいくつかあるけれど、他の島までフェリーや高速船をつかって通学する気にはなれない。実家から通える範囲の高校というと選択肢が限られていた。だから、卒業生の多くがそこに進学する。割合はすくないが、九州本土の高校に進学して寮生活をする者もいるにはいた。

「高校の後は？　大学？　就職？」

僕は二人にたずねる。

「わからん」と三田村リクが首を横にふる。

「俺もわからん。でも、将来は東京に行こうっておもう。うん、どうせなら東京がよか」

向井ケイスケが言った。

「柏木先生ば追いかけて東京に行くと？」

松山先生が一年間の休職から復帰すれば、柏木先生は臨時教員をやめて東京にもどる。合唱部へ入部したときとおなじように、今度は先生目当てに東京行きを心に決めているのだろうか。

「なるほど、おまえは、筋金いりやなあ」

三田村リクが感心したようにうなずく。

向井ケイスケは鼻の頭をかいて「いや……」と言葉をにごした。

「実はもう、俺、あんまり柏木先生のことば、かんがえんようになった。だいたいおまえ、先生目当てに部活をつづけるとか、不謹慎すぎるぞ。死んだほうがよか。そげな態度で合唱しよったら、真面目にやっとるもんにわるかろうが」

僕と三田村リクはあっけにとられる。

「じゃあ、おまえ、なんで合唱部ばやめんと？」

三田村リクは聞いた。

「そりゃあ、合唱がたのしかけんたい。惰性じゃなかぞ」

合唱がたのしい。

その言葉を聞いて、僕はかんがえる。

一人一人の声が寸分違《たが》わずにぴたりと重なり、渾然《こんぜん》一体となって場を支配する瞬間があった。入部当初はなかなかその瞬間に出会うことができなかったけれど、最近になってすこしずつ、ラジオのチューニングが合うかのようにその瞬間が訪れる。奇跡的に声が合わさり、ほんの短い時間だけその感覚につつまれる。そのとき自分の声が、自分の声ではなくなるような気がした。たしかに自分が口を開けて発声しているのだけど、何かもっと大きな意思によって背中をおされるように歌っているようにおもえる。周囲にひろがるのはだれの声でもない。全員の声が合わさった音のうずである。それはとてもあたたかくて、このうずのなかにずっといたいとおもえる。その瞬間だけは、孤独もなにもかもわすれる。でも、長くは続かない。全員がそれを維持したいとおもっているのに、やがてだめになってしまう。たぶん、練習不足のせいだ。声がすこしでもずれた瞬間、魔法は消え去って、僕たちはまた一個人にもどっていく。

もしかしたら、そのような感慨《かんがい》を彼も抱いていたのだろうか。

「今朝、柏木先生ば見かけたけん、話しかけて白状したとよ。【俺、先生が目当てで入部しました、すみません、Nコンは女子だけで出たほうがよかですよ】って。でも、柏木先生はゆるしてくれんやったっさ。【悪いとおもってんなら、今からがんばりな、絶対にまにあうから】って言われたっさ」

そのとき、校舎の壁面に設置された外階段のほうから、鉄扉の開く音が聞こえてきた。向井ケイスケと三田村リクが横目でそちらの方向をうかがう。校舎から出てきたのは、男子生徒と女子生徒のカップルである。どちらもしらない顔だったから三年生ではないだろう。僕たちに見られていることに気づかないまま、ふたりは外階段の踊り場でくっついてじっとしている。顔をよせあい、接近させ、このままキスするのではないかとおもわれた。

「はあ……、俺たち、なんばしよるとやろうな……」

ため息をついて向井ケイスケが言った。三田村リクがうなずく。

「みじめな気分になるばい。小石ば投げて、おどかしてみるか?」

「やめとけ」

ついに男子生徒のくちびると女子生徒のくちびるが触れあった。そういう場面を目撃したのははじめてのことだったから僕は戸惑う。中学生なのにもうこんなことをしている人たちもこの学校にいたのか。僕たちなんて男子と女子でいがみあっているというのに。女子部員のくちびるから出てくるのは、男子部員を責める言葉だけで、歌は重ならず、耳障りな音にしかならないのだ。

向井ケイスケが、おもむろに立ち上がる。

「おい、俺は決めたぞ」

彼は決意した表情で校舎のほうへあるきはじめた。

「どこに行くと?」

「合唱部の男子ばあつめてくる。おまえらはそこで待っとけ」

僕と三田村リクは目を見合わせた。

＊＊＊

辻エリは風邪を長びかせて欠席がつづいていた。電話で話をすると、勉強の遅れと、合唱部の練習を心配していた。彼女は相撲《すもう》取りのような声になっており、歌う側ではなく、指揮担当でよかったと話をする。彼女がいない間、部長の仕事は私が引き受けることになった。

ある日の昼休み、私は先生のところを訪ねて放課後の課題を聞いた。つまり練習の方針である。その際、先生がデスクの引き出しを開けたのだが、なかにはファンシーなグッズがたくさんつまっていておどろいた。しかしそのことはどうでもよくて、先生は引き出しから課題曲『手紙』の楽譜のコピーを取り出して私に差し出したのである。

楽譜のところどころに「ここは霧の中をあるくように濁った声を」とか「口の中をひろげて響きを逃がせ！」とか「自分のなかで祈りながら歌え」などと大量に書きこんであった。辻エリの文字だ。

「部長のお見舞いに行ってきて、ついでに楽譜をコピーさせてもらったんだ。あいつ、大量のメモ書きをしてた。これを参考にしながら当面はやっていこう」

さらに、自由曲の作詞の件で話をされる。全員に課した作詞の宿題は、半数以上が未提出だという。

「提出されたなかから、使えそうなフレーズを抜き出してたんだけど……。でも、ちょっとこれを見て欲しい」

ノートのページをやぶったものを柏木先生は見せてくれる。ちいさくて自信のなさそうな文字がならんでいた。消しゴムで何度も消されたような跡もある。男子の文字だろう。その汚さから推測した。一読して、私は先生を見る。柏木先生は机に頬杖《ほおづえ》をついて窓の外に目をむけていた。

「損した気分です。最初からこいつに歌詞ばたのめばよかった」

「ナズナが骨格をかんがえて、桑原が肉付けしたって感じだな」

私は職員室を出て、桑原サトルをさがしてあるいた。彼が仕上げた歌詞を自由曲に採用するのだということを報告するためだ。しかし教室にも図書室にも彼はいない。外だろうか？　たまに男子がぼんやりしている校庭のソテツのところに行ってみる。すると、男子の集団が運動場の端っこを海の方角にむかってあるいているのが見えた。合唱部の男子部員たちだ。彼らにすこし遅れて、ひときわ背丈の低い桑原サトルの姿があった。いつものようにうつむいてあるいている。

もしや、と私はぴんとくる。彼は海辺に連れて行かれて、いじめられるのではないか。そのような連想をしたのは、彼らのなかでいつも桑原サトルだけが浮いていたからだ。ひとりだけ真面目に練習をしていたから、いけすかないやつだとおもわれたのではないか。事実を確認するため、私はこっそりと後をつけることにする。

うちの中学校は正面に石垣を持ち、裏側が海に面している。といっても砂浜のような気持ちのいい場所ではなく、ごつごつした岩場の海岸だった。運動場を抜けて、岩場におりる階段へと男子の集団が消える。

私は頭を低くして、彼らを見下ろせる場所まで移動した。向井ケイスケ、三田村リクが、岩場の縁に桑原サトルを立たせている。背後は海という場所に桑原サトルは追い詰められたような格好だ。二年生、一年生の男子の集団が桑原サトルを囲む。一人対六人の図だ。絶対的ピンチの状況である。

曇り空の下で、灰色の海がごうごうと音をたてていた。岩にうちつけられた波が、白い泡をちらす。私は次第にこわくなってくる。今すぐに飛びだして声をかけるべきなんじゃないか。しかし、彼らのおもいつめたような表情に、足がすくんでしまった。ポケットのなかに携帯電話が入っている。岩場の陰にひっこんで、私は携帯電話を操作し、柏木先生にたすけをもとめようとする。

そのとき、声が聞こえてきた。統率のとれた男子の声だ。私は手をとめて耳をすます。

「まーりーあー」

聖母の名前だ。岩場から顔を出して確認する。

「まーりーあー」

手拍子でリズムがとられ、様々な音階で聖母の名前はくりかえされる。

自分がおもいちがいをしていたことに気づいた。

辻エリに電話をかける。

「もしもし？　なん？」

彼女の声は相撲取りらしさを弱めてだいぶ普段通りにもどっていた。

「エリ、これ、聞こえる？」

私は岩場から腕をつきだして、携帯電話を彼らのいる下のほうにむかって差し出した。

「まーりーあー」

聖母の名前は、海風にのってひろがった。

男子部員の集団は発声練習をしていたのだ。桑原サトルが六人と向かい合っていたのは、彼が練習を指導していたためである。男子部員のなかでは、彼が一番、真剣に発声練習を受けていた。指導方法に関してくわしいとおもわれたのだろう。

「どげんね？　聞こえた？」

携帯電話を耳にあてる。

「聞こえた！」

辻エリの返事があった。

「でも、どうして急にやる気ば出したと？」

「さあね、わからん。男子の考えてることは理解不能ばい」

次の日、体調を回復させた辻エリが自転車に乗って登校してきた。白いヘルメットと眼鏡が朝日にかがやいていた。教室に入ってきた彼女に、向井ケイスケがこれまでのことを謝罪すると、彼女は「じゃあ許す」と一言だけ返事をした。

放課後、合唱部のパート別練習の指導をするためにCDラジカセを持って空き教室に入ると、すでに男子は整列しており、いつでも練習がはじめられるようになっていたという。休憩時間はあいかわらず馬鹿みたいにさわいでいたけれど、オンとオフを使いわけるようになり、練習時間になると私語をつつしんだ。昼休みになれば遅れをとりもどそうと自主的に海辺へあつまって発声練習をする。私たちに迷惑がかからないよう、Nコンまで練習をつづけるらしい。そうしようと提案したのは向井ケイスケだという噂だった。

男子部員がやる気をみせたことにより、女子部員内部における賛成派と反対派の分裂もすっかりなくなった。あいかわらず福永ヨウコや横峰カオルや数名の女子部員は、二年生男子の関谷という美少年に夢中で、彼が目配せをするたびにさわいでいるが、男子が練習をさぼらないのであれば問題ない。第二音楽室に男子がいることに、以前は違和感があったのだけど、もうその風景に慣れている自分がいた。

全員で自由曲の題名をかんがえて、それを柏木先生がNコンへの参加申込書に記入する。校長先生の署名をもらい、Nコン長崎県大会を運営するNHK長崎放送局「音楽コンクール」係あてに投函《とうかん》した。締め切り直前のことである。

六月に入ると、課題曲の練習量が減り、自由曲の練習に時間が費やされるようになった。自由曲の歌詞は全員におおむね好評だった。練習がはじまってからも、みんなの意見を取り入れ、曲や歌詞の細部に修正がくわわる。

雨の日の放課後、合唱部の練習が終わって校舎を出ると、すっかり雨はやんでいて、雨雲もどこかへ消え去っていた。バス通学者の部員は、校舎前の空き地でバスに乗りこむ。辻エリは白いヘルメットをかぶって自転車に乗り、石垣沿いの道でわかれた。私は一人、傘をぶらさげて、水たまりを避けながら家路をたどっていた。ふと顔をあげると、ずっと先のほうに向井ケイスケの背中がある。走ってちかづいて声をかけた。

「ケイスケ、見直したばい。あんたが男子をまとめてくれたっちゃろ」

「おう、一人ずつ話ばしに行ったとぞ」

「大変やったろ?」

「そうでもなかったばい。みんな、だれかがそう言ってくれるとばまっとったみたいよ。昼休みに自主練やろうち提案したら、ふたつ返事で了解された。反対されるっておもっとったけん、拍子抜けしたとぞ」

向井ケイスケは、小学生のころ、私とおなじくらいの身長だった。しかし、横にならんでみると、いつのまにかぐんと背丈がのびている。私の目線の高さに、制服の半袖からのびた二の腕があった。女子の腕とはあきらかに異なる構造の腕だ。

海沿いの道のところどころに水たまりがあり、夕陽が反射してかがやいていた。まるで地面に穴が空いて、そこに光が充満しているようにも見える。

「でも、なんでそがん気になったと?」

「見直したか?」

「すこしだけばい」

「ほれたか」

「頭にウジがわいとると？」

海に影絵のような船が何艘《そう》も浮いていた。海岸から波止場がまっすぐにのびており、子どもたちが海に飛びこんであそんでいた。どの子も水着は着用せず、シャツと短パンを身につけて海にもぐる。遊びがおわると、濡れたシャツのまま家にもどってシャワーをあびるのだ。

「もう、部長に迷惑ばかけられんけんね」

向井ケイスケが言った。

「エリに風邪をひかせたのがこたえとるらしかね」

「まさかずぶぬれになってもどってくるちおもわんやった。辻エリ、おそろしか奴ばい……」

「それだけ、合唱が好きとよ」

「わかっとる。今はもう、男子全員、わかっとる」

海辺にとまっていた鳥が飛びたって、空を旋回し、高くあがっていく。

「なつかしかねえ、この場所」

私は波止場を見つめる。

「おぼえとるぞ。おまえに突き落とされて死にかけた」

「ぼんやりしとったけんぞ」

太陽がしずむ直前の、世界の輪郭がはっきりとうかびあがる時間だ。彼がだまりこんだので、波が波止場のコンクリート壁をあらう音だけがしずかに聞こえる。

「あの手紙返そうか？」

おもいだしたように向井ケイスケが言った。小学二年生のとき、彼にわたしたラブレターのことだろう。取りかえして燃やすべきだとかんがえていたのに、なぜか別の言葉が出てきた。

「よかよ、もっとって」

彼はすこしおどろいたような顔をする。

「もっと必死になって取りかえすかっておもっとった」

「もう、どうでもよかよ」

先日の篠崎との喧嘩のことを話題に出すべきかまよっていた。柏木先生の話がほんとうだったとしたら、私はお礼を言わなくてはならない。でも、なかなか言い出せないまま、家の近所にある分かれ道まできてしまった。そこから先は別方向になる。私たちは立ち止まり、分かれ道のまん中で世間話をする。学校のことや、先生のことや、クラスメイトのことなど、どうでもいいような話がつづく。陽が暮れて、外灯が薄闇《うすやみ》のなかで白くかがやいていた。ちいさな虫が二匹、光のまわりをぐるぐるとさまよっている。結局、お礼を言えないまま、話を切り上げてそれぞれの家の方向へわかれた。男子とふたりきりで話をしていた自分に対する戸惑いもあれば、伝えたい言葉がなかなか出てこないことへの困惑もあった。ひとりになって、ついたため息が、風にのって五島の夜空に消えた。

七月に入り梅雨がおわると急に暑くなった。入道雲が空のはるか高いところまで背をのばし、島の大部分を占めている山林からは蟬《せみ》の声が聞こえてくる。校舎には冷房がついていないため、汗をたらしながら一学期の試験を終えた。例のごとく試験で瀕死《ひんし》の重傷を負いながらも、放課後には第二音楽室で合唱の練習をおこなった。Nコンの長崎県大会まで一ヶ月を切り、練習に熱がこもっていた。課題曲、自由曲、ともに完成度を高めていく。

準備運動がおわって、これから発声練習しようとおもっていたところ、扉がノックされて、松山先生が顔を出した。私たちがうまくやっているかどうかを確認しに来たらしい。順調におなかはふくらんでおり、階段の上り下りがつらそうだった。おなかをさわらせてもらったのだが、手をあてていると、皮膚が内側からぐにゃりと盛り上がっておどろいた。赤ちゃんが中でうごいて、その肘だか膝だかが押していたらしい。

「うわっ！『エイリアン』みたいだな！映画の『エイリアン』に、こういうシーンあったよな！　おなかが、ぐにゃあって……」

柏木先生が、そんな感想を口にして松山先生におこられる。

「だんだん、こんなかが窮屈になってきたけんね。はやく出たかっちゃろ。それよりも、みんな、ごめんね。Nコン、応援に行けんかも」

予定日が八月の第一週なので、七月末のNコン長崎県大会の時期はもう臨月である。というか、ほとんどの船会社が乗船を禁じており、選択肢はない。

「むしろ、来るなと言いたい。会場で産気づいたりしたら大変だし」

柏木先生が言った。

「ところで、自由曲は何ば歌うと？」

松山先生がみんなに質問する。合唱部員たちがそれぞれ好き勝手に自由曲のことを説明しはじめた。みんなで和気藹々《あいあい》と、おおきなおなかを囲みながら、ふと柏木先生をふりかえる。先生は、すこしさびしそうな顔をしている。十五年前、柏木先生は、その子の父親のことを好きだったのだ。自分の思い上がりが原因でわかれたのだと先生は言う。もしも柏木先生が、音楽の神様とやらに愛されていなければ、今ごろ、おなかがおおきかったのは柏木先生のほうだったのかもしれない。

「オリジナルの曲ば歌うと？　その自由曲、聴きたかー」

松山先生が聴くまで帰らないと言いはる。

「いや、帰れよ。まだ自由曲は練習不足なんだ」

「聴くまで帰らんよ。だってどんな歌か気になるもん」

「きちんと完成させてから、おまえには聴かせたいんだ。さあて、そろそろ発声練習するよ」

私たちは素早く整列した。柏木先生はピアノで音を奏でる。最初は息を吐く。そしてハミング。辻エリが一人ずつ、声をチェックして指導する。松山先生は椅子に腰かけて、やさしい表情でおなかに手をあてていた。胎内でまどろんでいる子どもの耳にも届いているのだろうか。羊水の海をわたって、ピアノの音と、私たちの声が。

結局、柏木先生は、松山先生の前で自由曲の練習をしなかった。

「次、来るときは赤ちゃん連ればい」

課題曲の練習をくりかえしているうちに、松山先生が自宅へもどる時間になった。おおきなおなかをかかえて帰っていった。柏木先生も部屋を出て行き、私たちが帰り支度をしているとき、後輩の女子部員がつぶやいた。

「松山先生、だいじょうぶやろか。心臓がよわかけん、出産は危険て聞いたけど」

私は耳をうたがった。横峰カオルが、「なんて⁉」と聞き返す。それまでさわいでいた男子部員にも、私たちの会話が聞こえていたらしく、しずかになってあつまってきた。

「職員室では常識らしかです」

親しくしている先生がその後輩に教えてくれたらしい。松山先生は私たちにだまっていたが、生まれつき心臓が弱く、出産にともなう危険性が普通の人の何倍もあるらしいのだ。

「だいじょうぶばい！」

口をつよくむすんで、辻エリが言った。

「松山先生も、赤ん坊も、きっとだいじょうぶばい！」

辻エリの様子からふたつのことをかんがえる。ひとつめは、彼女が以前からこのことをしっていたのではないか、ということ。そしてふたつめは、これがただの噂などではなくおそらくは事実なのだということだ。

＊＊＊

僕たちの世界は五島列島の内側にあった。海をわたったところにも世界があることはしっている。行ったこともある。けれど、僕たちの生活する場所は島の内側にかぎられていた。自分たちだけで、フェリーや高速船に乗って九州本土まで遊びに行くようなこともしない。島の外に出るときは、かならず大人といっしょである。そういう決まり事があるわけではないけれど、暗黙の了解としてそうなっていた。島の外に出かける用事もなかったし、ほとんどのことは島の内側で事足りる。テレビで目にする国会のニュースには現実味がわかないけれど、鹿や猪《いのしし》が町にあらわれて人を困らせるというニュースはとても身近な出来事だった。けれどいつの日か、今はいっしょに歌っているみんなも、島の外側で生活をはじめるようになるのだろう。

七月下旬、体育館で終業式がおこなわれて一学期がおわった。クラスメイトのほとんどは帰り支度をして帰路についたが、合唱部の部員は第二音楽室で弁当を食べて午後を練習に費やした。校舎のそばに生えている木から、アブラゼミの声が聞こえていた。外は白くかがやいており、全身が、かっかと火照《ほて》るような暑さである。Nコンの長崎県大会を一週間後にひかえて、練習にも熱がはいった。全員、汗を流しながら歌い、指揮の辻エリと伴奏の柏木先生の二人がかりの指導を受ける。音が外れようものなら、じろりと二人ににらまれて、生きた心地がしなかった。

休憩時間になると、校舎裏の日陰にすわってくつろいだ。うす汚れたコンクリートがひろがっているだけのさみしい場所だったが、僕はそこが好きだった。風がふいて、ほんのすこしだけ涼しくなる。ぼんやりと入道雲を見上げていたら、足音がちかづいてきた。

「なんしよるとー？」

長谷川コトミは僕のすぐ横に立って校舎に背中をあずける。

「べつに。なんも」

「一学期、終わったね」

「密度の濃い一学期やったよ。それまでの二年間よりも、ざぁーまいろんなことがあったばい」

「桑原くんは、夏休み、どっか行くと？」

「ずっと家でゲームするっておもう。Nコンがおわったら、もう何もなかよ」

「向井くんとか、三田村くんと、どっかに出かけんと？」

「二人とも、もっとなかのよか友だちがおるけん、そっちば誘うっちゃない？」

どちらも交友関係がひろく、先輩後輩にも親しい人がいる。僕よりも、もっと話がはずんで、気心のしれた仲間たちが大勢いるのだ。

「三人はもっと仲がいいっておもっとった。だって、よくいっしょに外階段ば観察しよるもんね」

僕が動揺していると、長谷川コトミはにやりとわらう。

「ソテツの前あたり、奇跡の場所って呼ばれとるらしかね。先輩から聞いたことあるばい」

「先輩ち、神木先輩のこと？」

言ってから、あっ、とおもってしまう。長谷川コトミの前で神木先輩のことを口にしたのは、はじめてだった。

「なんな、桑原くんもしっとったとね、神木先輩のこと」

長谷川コトミは、おどろいていた。

「つきあっとるって、聞いとるばい」

胸に痛みがはしる。彼女はすこし迷うそぶりを見せて、うなずく。

「そうね。家が近所やったけんね、昔からしっとるもん。あ、でも、先輩も私のこと、おとなしくてお淑《しと》やかな奴っておもっとるよ」

「そこにも嘘ばついとるとね。神木先輩て、どういう人？」

「女ったらしばい」

「え？」

「なんでもなか」

なにやら急に口数がすくなくなって、居心地のわるい時間になる。

「どがんしたと？」

おそるおそるたずねてみると、長谷川コトミは返事をする。

「せからしかー」

うざい、という意味の方言だ。その低い声は、彼女がソプラノだけでなくテナーの音域までカバーできる可能性をも秘めていた。いつのまにか僕は彼女を怒らせてしまっていたようだ。かつてぼっちの一級免許所得者であった僕は、まだ他人の心の機微というものに鈍感である。おそらく神木先輩というプライベートな話題を口にしてしまったのがいけなかったのだろう。眉間《みけん》にちいさな縦皺《たてじわ》をよせて、彼女はうなっていた。

もう何も話しかけることができないまま休憩時間がおわった。僕たちは第二音楽室へもどることにする。みんなの顔が見えた瞬間、長谷川コトミの表情はやわらかなものになり、さきほどの不機嫌さは彼女の表面から見えなくなる。背筋もぴんと伸びて、声は鈴のように軽やかで、さっきまで犬のようにうなっていた人はもういない。

表面はよそ行きの格好に切りかえられているが、はたして心の中もおなじように切りかわっているのだろうか。さっきまでの不機嫌なおもいは消滅して、今はもうすっかり本心から笑顔でいられているのだろうか。後輩たちに歌い方のポイントを質問されて、彼女はおだやかな口調で教えている。いつか、内側にたまった圧力が、外殻をつきやぶって爆発するのではないかとすこし心配になった。

Nコン長崎県大会の前々日、僕は自分の部屋で荷物の準備をした。着替え、ポータブル音楽プレイヤー、携帯ゲーム機などを鞄《かばん》につめこむ。僕たち合唱部は、本番の前日に五島列島を出発し、長崎県佐世保市のホテルで一泊する予定になっていた。三名の教師が引率のためいっしょに行動し、その内訳は顧問の柏木先生、教頭先生、そして体育教師の兜谷《かぶとや》先生である。

母が部屋の入り口から顔を出して話しかけてきた。

「明後日《あさって》は私たちも観に行くけんね」

「無理せんでよかよ？」

「行くよ。サトルがみんなの前で歌うところなんて、もう一生、見られんかもしれんけん」

「兄ちゃんはどうすると？」

「アキオも行くばってん、会場には入られんかもね」

兄は空気の読めない男である。合唱がおこなわれている最中にたちあがって大声をあげてしまう可能性だってあるのだ。そうなったら演奏に支障が出てしまう。

「アキオはお父さんと外で待機してもらおうか。お母さんだけ歌ば聴くけん。ざんねんばい、アキオは合唱に興味のあるごたるとに。前にあんた、合唱のことば説明するとき、教会のコーラスみたいいち言ったろ？」

「うん」

「そんときの言葉ばくりかえすとよ」

過去に聞いた会話をくりかえすのは、兄がそれについて興味を持っているからだ。教会にいるときの兄の姿をおもいだす。ステンドグラスを通過した光を、兄は熱心にながめていた。表情の変化にとぼしいけれど、なんとなく、うれしそうなのがつたわった。背後にはいつも聖歌隊の合唱が聞こえていたから、兄は合唱というものに良いイメージを抱いているのだろう。

「お父さんはどがん言いよると？」

「せっかくの休み日やけん、パチンコに行かせろち言いよる。よかよか、説得するけん」

会場に入れないのに、兄と父が来る意味はあるのだろうか？　それとも、家族全員でどこかへ出かけるということに、母は意味を見いだしているのだろうか？

「兄ちゃんが島の外に出るの、ひさびさやねえ。昔とちがうけん、だれにも迷惑かけんよね？」

母の根気強い学習プログラムの結果、兄はずいぶんおだやかになった。以前にくらべて、パニック状態になることがすくなくなったような気がする。

「さあねえ。また、こんまか子ば泣かしてしまうかもしれんね」

「泣かしたことあると？」

「ざぁーま昔のことばい」

そう前置きして、母はおもいで話を語ってくれた。兄が十歳前後のころの話だった。その日、母は教会のミサに兄を連れて出かけた。そのころから兄はステンドグラスに夢中で、女の子たちの聖歌隊がコーラスしているときも、色つきのガラスを透過する陽光に心をうばわれていたという。コーラスが終わりにさしかかったころ、母は気を抜いてしまい、兄から目を離していた。

「そんときね、後ろんほうから、女ん子の泣き声が聞こえてきたと」

まだ小学校にあがる前くらいのちいさな女の子が泣いていた。そのすぐそばに兄が立っている。何かやらかしてしまったのではないかと母は蒼白になって駆けよった。女の子の母親がいっしょにいたので、事情を聞いてみた。どうやら、女の子が飴《あめ》を床に落として、それを兄がひろって食べてしまったらしい。いきなり現れた兄のことがこわかったのか、女の子は泣き出してしまったそうだ。

「落ちたもんは食べたらいかんて、アキオに教えとらんかったとよ。それでおもわず、手がのびたらしかねえ。そん子のお母さんにあやまって、ゆるしてもらったとよ」

母はなつかしそうにしていた。

夜がふけて、兄の部屋の前を通る。室内をすこしだけのぞくと、布団のなかで直立するような姿勢で兄はねむっていた。布団のかたわらには、明日の朝、着る予定の服がきれいにおりたたまれている。十歳のとき、そうするようにと母に言われて、ずっとそれを守りつづけている。一度、言われたことはいつまでもおぼえている。それが僕の兄である。

学校で向井ケイスケが話していたことをおもいだす。彼はいつか東京に行きたいらしい。自分の居場所を、自分で決められるだなんて、すごいことだなとおもう。自分には、この五島を出て行きたいという願望なんてすこしもなかった。そもそも、自分が将来、どのような人生を歩むのかについては、この世に生まれる以前から決まっていたのだから。
おやすみ、と兄に声をかけて、僕は自分の部屋の布団にもぐりこんだ。
夢は見なかった。暗闇がつづいた。

第四章

十五年後の私へ。

今、なやんでいることを書きます。
神木先輩が卒業して、佐世保の高校へ入りました。
五島をはなれて、親戚の家に住まわせてもらい、そこから通っているようです。
今ではメールと電話のやりとりしかありません。

彼から先日、送信されてきたメールが、どうもあやしいのです。
「今度の日曜、暇？　またいっしょにどこか行かない？」
などという文章がいくつもの絵文字で彩られていたのです。
私あてのメールにしては違和感がのこりました。
島に住んでいる私を、そんな風に気軽にさそうでしょうか。
他のだれかにあてたメールを、まちがって私のアドレスに送信してしまったようです。
電話で問いただしてみると、相手は男友だちだから心配するなと反論されました。
でも、男友だち相手に、ハートの絵文字なんてつかうでしょうか。
島の辺鄙《へんぴ》な地域でいっしょに育ち、私は彼のことを兄のように慕ってきました。

今、神木先輩のことが心の中で急速に薄れつつあります。

そこで気がかりなのは、彼のパソコンに入っているデータです。

この手紙を読んでいるあなたは、十五歳の私のことを、頭の悪いバカなやつだとおもっていることでしょう。

まったくその通りです。自分のおろかさに、泣きたくなることがあります。

時間が巻きもどってくれたらいいのに。そうできたら、昔の自分に忠告できるのに。

いっそのこと死んでしまいたい。

胸が内側から破裂してしまいそうです。

一人きりでいるとき、ふとした瞬間にしゃがみこんで、うめいてしまいます。

でも、そばにだれかがいたりすると、平気なふりをするのです。

教室でも、第二音楽室でも。


さきほど、ある計画をたてました。

うまくいくかどうか、わかりませんが……。

このまま何もしないよりは、いいとおもうのです。

Nコン長崎県大会の前日に、その計画を実行する予定です。

さて、どうなることやら。

＊＊＊

七月末の午前九時、港のターミナルに私たちは集合した。自宅が港からはなれている生徒は親に車で送ってもらい、合唱部員全員がリュックサックやスポーツバッグなどをたずさえている。明日の大会には制服を着て出場することになっていたが、今はまだ私服姿だ。制服や、ステージ上で履くローファーは、バッグへつめこんでいる。通行の邪魔にならないようなターミナル内の広場で、教頭先生から注意事項などを聞かされた。柏木先生は引率の先生というよりも、私たちとおなじ生徒のような顔つきで教頭先生の話を聞いている。フェリーの乗船券が各自にくばられて、私たちは船着き場から、全長六十五メートルほどもある白い船に乗りこんだ。

空は快晴で雲一つない。出航の時刻になると、船はゆっくりと五島列島の地面から遠ざかる。エンジン音とその振動は船内全体にひびいていた。窓にはりついたり、デッキに出て手すりにしがみついたりして、離れていく陸地をながめた。めったに島を出ることのない私たちにとって、フェリーで海をわたるというのは特別なイベントだったから、全員のテンションが高かった。しかし引率の三人の先生は、ソファー席にすわって雑談をつづけており、窓の外をふりかえることもしない。大人にとっては、島の外に出ることなんて、他愛《たわい》のない日常なのだろう。

船内では予想通り男子がはしゃぎすぎて引率の体育教師である兜谷先生におこられていた。女子もまた、おしゃべりに夢中になりすぎて、大声を出してしまい、教頭先生に嫌みを言われた。

「さすが合唱部、声が大きいですねえ」と。

ひまつぶしにデッキへ出ると、風が服をばたばたとふるわせる。海も空も、どこまでも広かった。船体が波を白い泡にかえて、軌跡を後方に長く引いていた。フェリーが出発して二時間半ほど経過したころ、水平線の先に陸地があらわれる。青い空の下に、まずは山の緑が見えた。陸地の奥まったところにフェリーはもぐっていき、建物の密集した町並みがそこにひろがる。佐世保港だ。港には自衛隊の船や、米軍の船も停泊している。佐世保港には、第二次大戦後、アメリカ海軍と海上自衛隊の基地がおかれているのだ。たまに米軍の空母が停泊しているのだが、その巨大さは圧倒的で、五島の島々がそのまま乗っかれるのではないかとさえおもってしまう。

正午過ぎにフェリーが船着き場につけられて到着のアナウンスが船内に流れた。タラップが陸地と船をつなぎ、私はNコン長崎県大会会場のある九州本土の大地をふんだ。地面の感触に深い感動をおぼえていると、後ろから福永ヨウコや横峰カオルやそのほか大勢の合唱部員たちが大荷物をかかえてどやどやと押し寄せてくるのでゆっくりはできなかった。

先生方の先導で私たちはターミナル内を通過し、駐車場にそってのびる道路をすすんだ。五島には高速道路も電車の線路もないので、高架のダイナミックなたたずまいに感激する。ビルの密集する街中を三十分もあるかされて、宿泊場所の古いホテルに到着した。天然温泉を売りにしたそのホテルは、建物や設備は昭和の雰囲気をただよわせている。

私たちはいくつかの班にわかれて部屋に入り、荷物を畳の上に投げ出した。旅館の一室のような作りである。辻エリは部屋の設備やら浴衣《ゆかた》の枚数やらをチェックし、私はテーブルにお茶のセットと人数分のお茶菓子が用意されていることをチェックした。お茶菓子が九十九島《くじゅうくしま》せんぺいであることに気づいた私は速攻で手をのばす。ピーナッツのちりばめられたせんぺいの、ぱりぱりとした食感を堪能《たんのう》していると、長谷川コトミがポットでお湯をつくってお茶をそそいでくれた。

ホテル内のレストランに昼食が用意され、引率の先生方といっしょに遅めの食事をする。休憩時間をはさんで宴会場にあつまった。ホテルの方の好意で、そこで合唱の練習をさせてもらえることになったのだ。

だだっ広い畳の間を目にして、男子は馬鹿だからさっそく駆けまわりはじめた。柔道経験者の三田村リクが、向井ケイスケを投げ飛ばしてあそびはじめ、兜谷先生が一喝してやめさせる。私たち女子はそこまではしゃぎはしなかったけれど、宴会場のステージに置かれていたカラオケ機器を発見して盛り上がる。「ナズナ、なに歌う?」などと言いながら横峰カオルが機械の電源をつけてしまい、さっそく教頭先生に嫌みを言われた。「カラオケの電源をオンにする前に、きみたちのテンションをオフにしなさい」と。

私たちの行動に柏木先生は肩をすくめるだけで何も言わなかったが、教頭先生と兜谷先生は、いつも私たちにいらついているようだった。ちなみに女子部員の間での噂《うわさ》でしかなかったが、この二人は、柏木先生が目当てで引率を引き受けたのではないかと言われていた。それがただの噂だったとしても、合唱に思い入れがないらしいことは確かなようだった。合唱部員の一年生女子が、フェリーの自販機前で二人の会話を聴いたのだという。

「たかが合唱のために何日も時間ばとられて、やってられませんよ」

「これも仕事のうちでしょう。仕事というのは、大抵、やってられないものですよ」

私たちが宴会場でストレッチをはじめたとき、兜谷先生と教頭先生は、いぶかしげな表情をしていた。合唱部なのに、準備運動をするというのが理解できなかったらしい。発声練習とパート別の練習をすっとばして、時間のゆるすかぎり、全員で合わせて歌う練習をすることになった。

できるだけ本番そっくりに、宴会場のステージ袖にあつまって入場するところからはじめる。ぎこちない足取りで私たちはあるき、ステージ上に整列すると、広い畳の間に、ぽつんと立っている教頭先生と兜谷先生の姿があった。辻エリが二人に頭をさげて、私たちにむきなおり、指揮をはじめる。柏木先生はステージ下手《しもて》の、本来ならグランドピアノが置かれている位置に立っている。ざんねんながら伴奏はない。先生は経験が豊富なので、いきなり本番でも、まちがうようなことはないだろう。以前は伴奏することになれておらず、やりにくそうだったが、最近では楽譜を読まずに軽々と完璧《かんぺき》な伴奏をこなしていた。

私たちの歌声が宴会場にひろがった。課題曲と自由曲、あわせて十分程度が、私たちにあたえられた時間である。歌い終わったとき、教頭先生と兜谷先生が拍手をしてくれた。それが儀礼的なものだったのか、心からのものだったのか、私たちにはわからない。

練習を終えると、夕飯までの数時間は自由行動がゆるされた。私は部屋でテレビをながめることにしたが、横峰カオルや福永ヨウコやその他数名の女子は二年生男子の関谷くんをかこんで商店街にむかったらしい。佐世保市の商店街は、直線のアーケード街では日本一の長さとして有名である。この地域でもっともにぎわっている場所で、米軍基地もあるため外国人の姿もおおい。フェリーで佐世保に来たときはかならず商店街に立ちよるのがおきまりのコースだった。

佐世保名物のひとつに、佐世保バーガーというものがある。第二次世界大戦後、基地のおかれた佐世保の町を米海軍の人たちが闊歩《かっぽ》するようになると、彼ら相手の店が次々とオープンした。やがて米海軍関係者の手によりハンバーガーのレシピが伝えられ、佐世保はこだわりの手作りハンバーガーの町となったのである。三田村リクを筆頭とする男子の集団は、この時間をつかって、佐世保バーガーの店を何軒もはしごしに出かけたようである。向井ケイスケもおそらくいっしょだろう。そうおもっていたが、彼はホテルにのこっていた。

「ナズナ、ホテルにおる？　話があるっさ。ゲームコーナーまで来てくれ」

部屋でテレビを見ていると、向井ケイスケから携帯電話に連絡があった。

「話って、なん？」

「直接、会って話す。電話で言いにくいことやけん……」

「なん？　色恋がらみ？」

冗談半分でそう言うと、彼が口ごもった。逆に私が動揺してしまう。

「……真剣な話やけん。十分以内にゲームコーナーまで来いよ」

電話が切れる。真剣な話とは、いったいなんだろう。部屋を出ていこうと、靴を履きかけたところで立ち止まり、洗面所の鏡で髪を整えてみる。服の皺《しわ》をのばし、ゴミがついていないかを確認する。これら一切の行動には、もちろん、深い意味などあるわけもなく、ましてや向井ケイスケに会うから身だしなみを気にしているわけではない。

布張りの廊下を抜けてゲームコーナーにむかった。以前は男子という存在を毛嫌いしていたが、最近はずいぶん抵抗がすくなくなったようにおもう。以前だったら、憮然《ぶぜん》とした態度で向井ケイスケとむきあえただろう。呼び出しをうけても、無視していたかもしれない。私は、変わってしまったのだろうか。父の一件以来、ずっと異性に対して持ち続けていたわだかまりを、わすれてしまったのだろうか。おなじ場所で、いっしょに歌声を重ね、音楽を紡《つむ》いでいるうちに、一切の憎しみが、拒否反応が、浄化されてしまったのだろうか。もしもそうだとしても、母は、私のことをゆるしてくれるだろうか。

ゲームコーナーは大浴場にむかう途中の通路にあった。新しめのＵＦＯキャッチャーに、古びたエアホッケー、そしてほとんど骨董《こっとう》品のゲーム筐体《きょうたい》がならんでいる。ゲーム筐体の椅子《いす》に向井ケイスケは腰かけていた。

「おう、来たか」

「話って、なん？」

できるだけそっけなく聞いた。

向井ケイスケは、何から話すべきかこまっているような表情である。

「まあ、ここにすわれ」

すぐとなりの対戦格闘ゲームの椅子をすすめられ、そこに腰かける。私たちはむきあうような格好になった。ゲーム筐体はコインを入れなくてもデモムービーを流し続けており、その色とりどりの光が、向井ケイスケの瞳に反射していた。ぎこちない表情で、彼が口を開いた。

「おまえとは、その、長いつきあいじゃん。幼稚園のころ、おたがいの家ば行き来しとったやろ。親父《おやじ》さんのことがあって、おまえ、男子ば避けるようになった。その自覚はあるか？」

「……なんとなく」

「やけん、こうして面とむかって話ができるようになって、ほんとうによかったとおもっとる」

はずかしさ故《ゆえ》に仏頂面をくずせなかったが、心の中でうなずいてしまった。

深呼吸して彼は言葉をつづける。

「言いにくいことなんやけど……」

「なん？」

「俺、実は、告白しようとおもっとる」

「……ちょ、ちょっと待って。告白って、つまり、その、恋愛がらみの告白？」

向井ケイスケはうなずく。

「本気？」

「本気ばい」

赤くなっているであろう自分の顔を、彼のほうにむけていられなかった。自然とうつむきがちになる。

「ほ、ほんとうに、告白すると？」

「よくかんがえた結果ばい」

「でも、あんた、柏木先生のことが好きやったっちゃなかと？」

「今にしておもえば、先生は、あこがれみたいなもんやったとさ。好きとは、ちょっとちがったかもしれん」

彼の顔をちらりと見上げる。はずかしそうに視線をおよがせていた。

「ど、どこにほれたと？」

おもいきって、私は聞いてみる。

「言わんばだめか？」

「うん、聞きたい」

「合唱に、一生懸命なところとか……」

「ほかには？」

「あとは、そうやな……」

すこしかんがえるような仕草をして、彼は言った。

「……メガネもよく似合っとるし」

すーっと一気に冷静になった。

私の両目は普通よりもいいくらいで、メガネをかけたことはない。

「もしかして、あんた……！」

「なんかさ、最初はとっつきにくいやつやなっておもっとったけど。あいつは芯《しん》の強いやつばい。なあ、おまえ、部長と仲よかよね。Nコンおわったら、みんなでいっしょにどっか遊びに行こうぜ。部長ばさそってきてくれん？」

向井ケイスケは照れくさそうに言った。頭の中に、ぐるぐると、様々な思考がうずまいた。まずは、目の前の男に対するむかつきである。はりたおしてその場を立ち去ろうかとおもい、手があがりかける。しかし、よくかんがえてみたら、自分が怒る理由なんて全然ないのだ。深呼吸して、冷静になるよう自分に言い聞かせる。

「い、いいけど……」

そう返事をした。

「おまえがおってくれて、ほんとうによかったばい。こころづよかー。持つべきものは、幼なじみばい」

よろこんでいる彼を見て、自分の心が急速にしぼんでいくのを感じた。

＊＊＊

宴会場での練習の後、夕飯までの数時間は自由にすごしてよいと言われた。僕は部屋にもどり、鞄《かばん》からSF小説の文庫本を取り出して読みはじめる。三田村リクから借りた本だ。彼は後輩の男子数名と佐世保バーガーを食べに出かけたので部屋にはいなかった。僕もさそわれたのだけど、夕飯前に食べる気にならなかったのと、本のつづきを読みたいという理由でことわった。向井ケイスケもどこかに出かけてしまったし、僕は部屋にひとりでのこされる。

ページをめくっていると、部屋の扉がノックされた。文庫本にしおりをはさんで出てみると、長谷川コトミが緊張した面持ちでたっている。僕の顔を見ると、ほっとした表情をみせた。

「よかった、桑原くん、部屋にのこっとったとね」

「なんか用事？」

「お願いがあるっちゃけど」

長谷川コトミは、そわそわとした様子で左右を確認している。人目を気にしている様子だ。

「なん？」

「行きたい場所があるとさ。一人じゃ不安やけん、ついてきてくれん？」

なんだかよくわからないけれど、「ちょっと待っとって」と言い荷物をまとめて外に出る。僕が外出すると部屋が無人になるため扉に鍵《かぎ》をかけた。

「行きたいとこって、外?」

「うん。ひとまずついてきて」

一階までおりてフロントの従業員に鍵をあずける。正面玄関を出ると、長谷川コトミは、ホテル前の急勾配《こうばい》の坂道をおりはじめた。空は晴天で、坂道には木漏れ日《こもれび》がふりそそいでいる。道の両側には植物が茂っており、その合間から、坂の下にひろがる佐世保の町並みがのぞいた。

「ごめんね、いきなりで、おどろいたろ」

あるきながら長谷川コトミが言った。私服姿の彼女はすこし大人っぽくてきれいだった。

「どこに行くと?」

質問してみたものの、彼女といっしょに外をあるけるなら、目的地はどこでもよかった。どうして彼女は僕をさそったのだろう? なぜ女子の友だちと出かけなかったのだろう? という疑問はあったけれど、声をかけてくれたことがともかくうれしかった。

「……行き先、聞いても、引き返さん? いっしょに行ってくれる?」

長谷川コトミは心配そうな様子である。

「どこ?」

「神木先輩のところに行きたかとさ」

僕は立ち止まる。おたがいがしずかになると、蟬《せみ》の声がよく聞こえるようになった。僕にあわせてストップした彼女の全身に、枝葉の影がまだら模様をつくっている。

「つ、つまり、……逢《あ》い引きね？」

平静をよそおってたずねる。

「先輩と話ばしたかとさ。でも、道がよくわからんし、不安やけん、ついてきて欲しいと」

神木先輩は佐世保市の親戚の家までは、ホテルから徒歩三十分ほどの距離だという。そこからおなじ市内の高校へ通っているらしい。親戚の家に住まわせてもらい、そこからおなじ市内の高校へ通っている
心の底から、行きたくなかった。まわれ右をして、部屋にもどり、ＳＦ小説のつづきを読みたかった。しかし、長谷川コトミの不安げな視線をふりほどくことができなかった。

「うーん、いいけど……」

「ほんと!?　よかった！」

「でも、なんで僕な？　ほかの人じゃだめやったと？」

「ほかの人に、こがんことたのめんばい。だってはずかしかもん」

ふたたびあるきだしながら、理不尽な気持ちになる。はずかしくてほかの人にたのめないことを、なぜ僕にたのめるのか理解できない。彼女のなかで自分はどういう種類の人間として分類されているのだろう。こういうときに無理を聞いてくれる都合のいい話し相手といったところだろうか。あるきながらため息ばかりついてしまう。足取りも重く感じられた。

長谷川コトミは事前に用意していたものらしい地図を取り出して、交差点や分かれ道にぶつかると、眉間《みけん》にちいさな縦皺《たてじわ》をよせて地図をにらんでいた。しばらく迷った後に、「あれえ？　あれえ？」と彼女が首をかしげて、地図を回転させたり、太陽にすかして見たりしはじめた。僕はその地図を借りて、神木先輩がお世話になっているという親戚の家の住所を確認する。道をまちがえてずいぶん北の方に来ていた。

七月の暑さのなか、僕たちは神木先輩の親戚の家をさがして右往左往する。目的の住所へちかづくと、周囲は戸建ての住宅ばかりになった。整理整頓された区画や、一定の距離をおいて建っている家々などは、僕が住んでいる地域では絶対に見られない風景である。

ずいぶん遠いところまで来ちゃったなという感慨と、こんなところで自分はなにをしているのだろうというむなしさがあった。はじめのうち、僕の心がいじけていたせいで、会話はすくなかった。しかし、自販機を発見した彼女が、ジュースをおごってくれたあたりから、またふつうに話ができるようになる。

「長谷川さんが来ること、むこうはしっとると？」

ジュースで水分補給をしながら聞いてみる。今さらだが、留守という可能性はないのだろうか。

「メールで伝えたけん、家におるはずよ」

「いきなり行って、びっくりさせるとかっておもっとった」

「神木先輩には、外で会おうって言われたけどね。商店街であそぼうって。家には親戚のおばさんがおるけんね」

「じゃあ、なんで家で会うと？」

「部屋に行きたかったとよ」

「ふうん、そうな」

痛い。胸が痛い。一気のみしたジュースが冷えていたせいだろうか。

神木先輩の親戚の家にたどりついたとき、ホテルを出て一時間以上も経過していた。その家は二階建ての普通の民家で、真新しいわけでもなく、格別に古いというわけでもない。玄関横に駐車スペースがあり、軽自動車がとめられていた。

「ほんとうにここ？」

「まちがいなか」

表札を確認して長谷川コトミがうなずいた。神木先輩がお世話になっているという親戚の苗字《みようじ》と一致したらしい。

彼女は玄関チャイムを鳴らす。女性の返事があり、ふとったおばさんが扉をあけた。おそらく神木先輩がお世話になっている親戚の方にちがいない。彼女は長谷川コトミの姿を見て、やさしそうに顔をほころばせる。

「長谷川さん？」

「はい」

「ずいぶんおそかったねえ」

彼女が家に来ることを、神木先輩から聞いていてしっていたのだろう。おばさんは、長谷川コトミの後方に待機していた僕の姿を見て首をかしげる。

「こちらは、友人の桑原くんです」

長谷川コトミが紹介したので、僕はかるく頭をさげた。そのとき玄関の奥から、背の高い男の人があらわれて、おばさんを避けるように出てきた。細身で、精悍《せいかん》な顔立ちの人である。髪型は変わっているが、昨年まで中学校の廊下で何度かその人とすれちがったことをおもいだす。長谷川コトミとつきあっているという神木先輩だった。

「道にまよっとったとか？　おそかったけん、心配しとったばい」

男らしい、低い声だ。

「地図ば逆さに見とったと」

「あいかわらずやな」

神木先輩はそう言って長谷川コトミの頭をなでた。そしてようやく僕の存在に気づいたのである。正直なところ、先輩が彼女の頭をなでる場面を見て、僕はその場で吐血しそうなほどのダメージを負っていた。もう無理だ。自分のライフメーターは限りなくゼロにちかい。このまま死んだら地中に埋めてもらえないだろうか。しかし神木先輩が怪訝《けげん》そうな視線をむけているので、かるく頭をさげて挨拶《あいさつ》した。

「あ、どうも……」

神木先輩が僕を指さす。

「こいつは？」

「合唱部の桑原くん。……不安やったけん、ついてきてもらったと」

不安というのは、道に迷うという不安だろう。神木先輩もそう解釈したらしい。

「俺、むかえに行くって言ったろうが。それば拒否して送ってもらって、なんな」

そこにおばさんが口をはさんだ。

「とにかく、あがってもらわんね。さあどうぞ、二人とも」

僕は首を横にふる。

「自分は帰ります。ここまで来れたけん、もういいやろ？」

長谷川コトミの返事を聞くまでもなく、全員にかるくお辞儀をして、その家からはなれる。自分がこの場にいないほうがいいというのは明らかだったし、家にあげられて二人の親密さを見せつけられたらもう一生立ち直れる気がしなかった。というかその場で弱りきって死んでしまうとおもった。

すこしあるいて、神木先輩の親戚の家から二十メートルほどはなれたころだろうか。後方から足音が聞こえてくる。長谷川コトミがかけよってきて、おもむろに僕の手首をつかんだ。

「ちょっと待って！」

すこし息をきらせて彼女は言った。

「ご、ごめん、もうすこしだけ、いっしょにおって」

「無理ばい、僕はもうみんなのところにもどるけん」

「すぐに用事ばおわらせるけん、もどらんといてよ」

用事というのは、神木先輩と談笑することだろうか？

しかし、長谷川コトミの表情は、どこか切羽詰まっており、恋人との時間を前にしたものではない。

「なんでおらんばと？　帰り道がわからんごとなるけん？　神木先輩に送ってもらったらよかっちゃないと？」

「ちがう！　くわしくは言えんけど、おってほしいと！」

瞳が心配そうにゆらいでいる。手首をつかんだ彼女の指はなぜか冷たい。すこし迷ったけれど、息をはきだして、僕はうなずいた。自分でもお人好《ひとよ》しなんじゃないかとおもったが、ひとりで帰るのはやめにした。彼女はなにか、様子がおかしい。

「わかったけん、手ば、はなして」

「おってくれると？」

長谷川コトミは、ほっとしたような顔をする。神木先輩が玄関先で待っているのが、僕たちのいる場所からも見えた。なにか誤解をされたらどうしようかと不安になる。

「でも、家のなかに入るのはやめとく。どっか、この辺で待っとくよ」

「ありがとう、それでよか。でも、わかるところにおってよ。なんかあったらたすけてね」

「え？」

長谷川コトミは僕のそばをはなれて、神木先輩のところにもどっていく。彼女から最後に言われたことが気になった。しかし、神木先輩の視界から逃げ出したくて、その場は帰るふりをしてあるきだす。

数分後、神木先輩の親戚の家までもどった。ちかくの民家の庭から枝がはりだしていたので、その陰で涼むことにした。いつのまにか夕方の時間帯になっていたが、夏の太陽はまだ高い位置にある。日陰で塀によりかかり、長谷川コトミと神木先輩がいるはずの家をながめた。額から汗がたれてきて、シャツの袖《そで》で拭《ぬぐ》った。

今ごろ、冷房の効いた神木先輩の部屋で長谷川コトミは涼んでいるのだろう。もしかしたら彼のベッドに腰かけて談笑しているのかもしれない。親戚のおばさんがおなじ家のなかにいるのだから、おかしなことはしないだろうとおもいたい。けれど、二人の関係について僕が何かを言うなんて筋違いだ。なぜなら僕は、長谷川コトミとおなじ部活に所属しているというだけで、ほとんど何の関係もないのだから。ただの話し相手であり、彼女にとっては大勢いる友人の一人でしかないのだ。いや、そもそも友人なのか？　さきほど、長谷川コトミが頭をなでられていた場面が頭にちらついて、胸が苦しくなった。教室でも、修学旅行先でも、体育の授業でも、ぼっち状態を体験し、その孤独感にはとっくに慣れていた。でも、今日のぼっち感覚はレベルがちがいすぎる。

彼らがいるはずの家を、木陰からながめながら、一人、蝉の声に耳をすます。いつからか、兄のことをかんがえていた。今すぐ、兄に会って、たすけてほしかった。兄は何もできないし、僕の状況も理解できないだろう。でも、自分の居場所は兄のそばにしかないような気がしていた。青空がきれいだった。この青空と、このつらさを、たぶん一生わすれないだろう。神木先輩がお世話になっている家の、二階の窓ガラスが、突然、割れた。

破片が空中を舞い、夏の日差しを反射させる。

一階部分に張り出している屋根の上に落ちて、砕けて、音をたてながら瓦《かわら》の上をすべり、地面に降りそそぐ。

暑さと疲労のせいで自分は幻覚を見ているのだろうか。

直後、神木先輩の怒声のようなものが聞こえてくる。

気づいたとき、僕は、はしりだしていた。神木先輩が彼女に暴力をふるっている光景が頭にうかんだ。家のそばにいてほしいと彼女が懇願したのは、これを見越していたのかもしれない。家の玄関に飛びつく。さいわいなことに鍵はかかっていなかった。玄関をぬけて土足のままあがる。入ってすぐのところに階段があり、二階のほうから怒声や悲鳴や人の入り乱れる騒々しい音が聞こえてきた。階段を駆け上がると、二階の一室の入り口に、さきほどのおばさんの後ろ姿がある。

おばさんは室内に顔をむけたまま、おろおろしているだけでうごかない。僕はその横から部屋のなかに飛びこんだ。

そこが神木先輩の寝起きする部屋であることはまちがいない。ベッドやテレビ、デスクトップパソコンがのった机などがある。フローリングの床に水たまりがひろがっており、ガラスのコップがころがっていた。水たまりの正体はどうやらオレンジジュースらしく、二人のためにおばさんがはこんできたものではないかと想像した。室内はすずしかったが、ベッドのむこうにある割れた窓から外の熱気が入ってくる。どすん、と足音がひびく。神木先輩が、長谷川コトミを背後からはがいじめにして怒鳴る。

「なんばすっとか！　やめろって！」

「やめん！」

長谷川コトミは足を高くあげて、机の上のパソコンを蹴《け》ろうとした。空振り。もう一度試みる。彼女の足がパソコンのディスプレイに命中した。横にふっとび、ケーブルをたなびかせて床に落ちる。ディスプレイの横には縦置き型のちいさなパソコン本体が配置されていた。そちらは無傷だ。ディスプレイと本体をつなげるケーブルの類《たぐい》は、なぜかすべて抜かれている。

状況を飲み込めないでいると、僕の姿に気づいて長谷川コトミがさけんだ。

「桑原くん！　パソコンば持って逃げて！」

「え？　は？」

「おまえ、なんでここにおっとか！」

神木先輩におこられる。腕の力がゆるんだらしく、長谷川コトミが抜け出して、パソコンの本体にしがみついた。ラグビー選手のように抱えたところに、神木先輩が突進しようとしたので、僕はおもわず彼の前に飛びだした。肩がぶつかって、ふっとばされた拍子に、床にころがっていたガラスのコップを踏みつけて割ってしまう。神木先輩もまた、進路がそれて本棚にぶつかり、ならんでいた本を床にぶちまけた。

「あんたたち！　なんばしょっと！」

おばさんがさけぶ。まったくその通り。僕もわけがわからない。もう、なにがなんだか、ほんとうにわからない。

長谷川コトミがパソコンの本体をかかえたままベッドにのぼった。彼女は、割れた窓から外にむかってパソコンを投げ飛ばそうとする。

「やめろや！」

神木先輩が長谷川コトミの背中を蹴ってころばせた。彼女はうめいてパソコンをその場に落とす。その光景を目にして、理性の吹っ切れる音がした。僕は何かを叫んだ。言葉にはならなかった。神木先輩にしがみつき、ころばせて、はじめて人を殴った。殴り返されもした。殴って、そしてまた殴られる。いつのまにか鼻血がしたたって、服にべっとりとついていた。口の中も血の味でいっぱいになる。僕と神木先輩が、おばさんの手で引き離されたとき、長谷川コトミは部屋にいなかった。

いつのまにか彼女は、パソコン本体をかかえて、ガラスの割れている窓のむこうがわに立っていた。一階部分の屋根が窓の下に突き出ており、彼女はその瓦屋根を足場にしている。小型のデスクトップパソコンをおもむろにふりあげると、彼女は、家の前の道にむかって、たたきつけるように投げ飛ばす。室内でつかみあっていた僕と神木先輩と彼の親戚のおばさんは、パソコンがアスファルトに転がる音を室内で聞いた。

長谷川コトミは、髪や服装がみだれていたけれど、すがすがしい顔で僕たちをふりかえる。

「やー、すっきりしたー」

カーテンのむこうで、明るい日差しに照らされる彼女の顔はきれいだった。しかしその直後、忽然《こつぜん》と彼女は消えてしまう。僕と神木先輩はベッドによじのぼり、そのむこうにある割れた窓から外をのぞいた。彼女の姿はどこにもなかったけれど、窓辺からはよく見ることのできない屋根の下あたりからうめくような声が聞こえてくる。足をすべらせて落ちてしまったらしい。

「い、生きとるねー?」

おそるおそる聞いた。返事はなかった。切った口の中が、次第にじんじんと熱をもってきた。

＊＊＊

部屋の窓から見下ろす佐世保の町並みが夕焼けに染められるころ、外出して自由行動を満喫していた部員たちが部屋にもどってきた。辻エリはひとりで佐世保名物の商店街をぶらついてきたらしく、スターバックスの紙袋をさげていた。

「スタバに行ってきたと!?」

「緊張したー。ナズナにお土産《みやげ》ば買ってきたばい」

彼女は紙袋からアイスラテの入ったカップを取り出して私にくれた。五島にはスターバックスがない。佐世保の商店街にあることはしっていたが、注文の仕方がわからないため、こわくてまだ入ったことさえなかった。ラテをひとくち飲んで、これがスターバックスの味かー、と感慨深い気持ちになる。

「ナズナはなんばしよったと?」

「部屋でずっとテレビば見よったばい」

「部屋から一歩も出とらんと?」

「そうよ」

辻エリが銀縁メガネの位置をなおすと、窓からさしこむ夕陽がレンズに反射して光った。彼女の口元が、にやりという形になる。なにか言いたそうな彼女の雰囲気に戸惑った。

「……なん?」

「一年の女子が、ゲームコーナーであんたと向井くんば見たって言いよるばい。真剣な話ばしよったみたいって」

　言葉が出てこなかった。どうやらしっかりと目撃されていたらしい。両手をふって、なんとか声をしぼりだす。

「ご、誤解やけん！」

「なんがね？　ふたりともはずかしそうに目ば合わせとらんかったって聞いたばい」

「だから、それはさ……」

「よかよか。ナズナにもようやく春が来たとねえ」

　肘《ひじ》でつつかれる。ややこしいことになってきた。もしかしたら辻エリは、私と向井ケイスケがくっついているとおもいこんでいるのではないか。

「ちょっと待って！　説明させて！」

　しかし、どこまで教えていいものかまよってしまう。向井ケイスケの本心を勝手に私が言っていいものだろうか。まよっていると、部屋の扉がいきおいよくひらいて、福永ヨウコやほかの女子部員たちが押しかけてくる。全員、部屋が別のはずだったけれど、私と向井ケイスケのことを聞いてやってきたらしい。「噂はほんとうなんですか!?」などと、テレビのリモコンをマイクに見立ててマスコミがインタビューするようにつめよってくる。私は顔の前に手をひろげて「ちょっと、やめてください！　勝手に映さないでください！」と、テレビカメラを拒否する芸能人のふりをして逃げまわった。

誤解はほったらかしのまま、夕飯の時刻になり、柏木先生が部屋をたずねてきた。

「全員、いる？　レストランに移動するよ」

私たちは返事をして、部屋を出ようとする。そのとき、辻エリが首をかしげた。

「あれ？　うちの部屋のソプラノがおらんばい？」

長谷川コトミの姿が見あたらない。彼女が遅刻とはめずらしい。辻エリが携帯電話にかけてみたけれどつながらない。ホテル側が団体客用にレストランの席を確保し、夕飯の準備をしているため、いつまでも彼女を待っているわけにはいかなかった。私たちは先にレストランに移動する。そのうち遅れてやってくるだろう。

レストランは古びたホテルの最上階にあり、ほかの宿泊客も大勢いた。私たち合唱部用の席は窓際に用意されており、ずらりと椅子がならんでいた。すでに全員分の食事が配膳《はいぜん》済みである。女子部員と男子部員が着席したところ、先生たちの分とは別に、ふたつの空席ができた。ひとつは長谷川コトミの席だ。もうひとつはどうやら桑原サトルの席らしい。彼の姿はどこにもない。存在感を消して、ついに透明人間になった。というわけでもないらしい。

日がすっかり暮れてしまい、窓の外がまっ暗になる。ホテルは小高い丘の上に建っているため、町の光が眼下にひろがった。輝くような夜景というわけでもない。それでも五島の夜にくらべたら段違いに光の数がおおかった。

私たちが食事をしている間、三人の先生たちが電話などをかけまくって、もどってこない生徒の行方《ゆくえ》をさがしていた。結局、食べ終わっても二人は現れなかった。先生方は、二人が町で迷子になっているのかもしれないとかんがえているようだ。しかし、そもそも長谷川コトミと桑原サトルがいっしょに行動しているのか、それとも別々にいるのかも定かではない。

夕飯後に私たちは大浴場で汗をながした。脱衣所や湯船のなかで、噂好きの女子部員たちは、もどってこない二人についてあれこれと詮索《せんさく》していた。最近、親しく話しているのを見たとか、校舎裏でならんでぼんやりしているところを目撃したとか、そのような話を聞く。しかし、長谷川コトミは神木先輩とつきあっているのだという認識が全員にあり、神木先輩と桑原サトルを見くらべると、どうしても先輩に軍配があがる。最終的には、長谷川コトミと桑原サトルの間には何もないという結論に落ち着いた。私と向井ケイスケのことは一時的にみんなからわすれられたらしく都合がよい。

浴場を出た私たちは、一階ロビー付近の売店でお菓子を買うことにした。売店にむかっている途中、正面玄関の開く音がして、何気なくふりかえる。ガラスの自動ドアのむこうは、夜の暗闇に満ちていたけれど、そこから見覚えのある二人があらわれる。長谷川コトミと桑原サトルだった。

「コトミ！」

声をかけると、彼女が私たちの姿を見つけて、おどろいた顔をしていた。

すぐに笑みをうかべて、片手をあげる。

「みんな、ただいま」

「ただいまじゃなかよー、心配したとぞー！」

私たちは二人に駆けよろうとする。しかし、桑原サトルの惨状に気づいて立ち止まった。いっしょにいた女子部員が息を呑《の》む。いったいこの数時間のうちになにが起きたのだろう。彼の服にところどころ血の跡らしいものがべっとりついていて、顔にひどい青あざができていたのだ。

＊＊＊

洗面所の小窓から、西日がさしこんできて、鏡の中の自分を照らしている。ひどい顔だった。左目の周囲に青あざができており、服には鼻血の染みがついている。神木先輩の親戚の家で洗面所を貸してもらった。口をゆすぎ、吐きだした水もうっすらと赤い。鼻血も洗い流す。洗面所を出たところで、外からもどってきた神木先輩に遭遇する。彼の腕には、ぼろぼろの小型デスクトップパソコンが抱えられていた。長谷川コトミが投げ捨てたものを回収してきたらしい。僕たちは目があって、気まずい数秒をはさんだ後、おたがいに謝った。彼の顔にも痣《あざ》ができており、髪や服装もみだれたままだった。

「パソコン、ひろってきたんですね」

「あのままほっとかれん。まだうごくやろか」

「長谷川さん、なんでそれを投げ捨てたんですか？」

どうしてあのような状況になっていたのか、僕はまだ何もしらなかった。

「事情ば話すけん、二階に来い」

神木先輩の後につづいて階段をあがる。

「長谷川さんは？」

「おばさんの部屋で湿布ばはってもらいよる」

彼女は屋根から落下したとき、足を捻挫《ねんざ》していた。それ以外にひどい怪我《けが》をしていなくてほんとうによかったとおもう。

神木先輩の部屋は、竜巻が通ったかのようになっている。割れた窓から夕陽が入ってきて室内を染めていた。神木先輩はあらためて室内のむごたらしいありさまを目にしてため息を吐きだし、机の上にパソコン本体を置いて、ディスプレイやキーボードとつなぎはじめる。

「俺がちょっと部屋を出たすきに、あいつ、ケーブルば全部ひっこぬいとったとさ。それに気づいて追及したら、あの修羅場《しゅらば》になったとさ」

彼女の目的はパソコンの破壊にあったようだ。神木先輩はそれを阻止しようとして、つかみあいになったという。窓ガラスがどうして割れたのかは定かではない。つかみあいのときにどちらかの体があたったのかもしれないし、どちらかの投げた物が命中して割れたのかもしれない。

「なんでパソコンばこわしたかったとでしょうか？」

「写真のデータば削除したかったとよ。あれば消せって、修羅場の前に話しとった」

「写真？　何の写真ですか？」

ずっと以前、パソコンのデータを消す方法について質問されたことをおもいだす。

神木先輩はプラグをコンセントに差し込んで電源ボタンを押した。おたがい無言でパソコンを見つめる。椅子は部屋のすみにころがっているため、僕たちは立ったままである。本体内部で機械の駆動する音が聞こえ、ディスプレイに光がともる。文字列が画面をながれた後、ＯＳの起動音が鳴りひびいた。

「こわれとらんみたい」

神木先輩は、ほっとした様子である。屋根から落ちてまでパソコンを破壊しようとした長谷川コトミの行動は無駄になってしまったのだろうか。僕は先輩の横顔をちらりとふりかえる。

「写真のこと、気になるか？」

「……はい」

ＯＳが立ち上がるのを待ちながら、神木先輩は、長谷川コトミが葬り去ろうとした写真のデータに関して説明する。直接的な表現はなかったが、どうやらそれは、世間の人に見られたらとても恥ずかしい部類の写真であるらしい。あくまでも同意のもとで、たのしみとしてそれらは撮影されたものだったが、今となっては長谷川コトミの黒歴史となっているようだ。僕は説明を聞きながら、胸の奥にもやもやしたものが広がるのを感じた。

「俺の手元にのこっとるとが心配やったとかもしれん。あれを世間に流出させたりとか、あれをネタにして復縁をせまったりとか、そうなるのがこわかったんじゃねえかな」

カーソルをマウスで操作できるようになり、神木先輩はパソコン内のいくつかのフォルダを開ける。データがこわれていないかどうかをチェックしているらしい。椅子がないため、痩身《そうしん》をまるめて画面をのぞきこんでいる。僕はそれよりも、彼の言葉が気になっていた。

「復縁って、どういうことです?」

「おまえ、しらんと? あいつ、部屋にあがるなり、別れ話ばしはじめたとぞ。それで、写真のデータば消せっていう流れになったっさ」

「どうして別れるんですか?」

「俺の浮気がばれたけんかな……。もう、どうでもよか……」

もしかしたら、と僕はかんがえる。長谷川コトミは当初から神木先輩に別れ話を切り出して、パソコンを破壊するつもりだったのかもしれない。だからこそ、外で会うのではなく、写真データの入ったパソコンがあるこの部屋に来たがったのだ。家のそばにいてほしいという彼女の懇願は、このような修羅場を想定していた故だろうか。

神木先輩が僕をふりかえる。

「あいつが削除したがってた写真、見たくなか?」

画面上に【kotomi】というフォルダが表示されていた。

マウスのカーソルがその上に重ねられる。

そのフォルダの中に、問題のデータがあるらしい。

彼女が削除したがっていた写真である。

「おまえが見たってこと、あいつにはだまっとくけん」

当然、答えは決まっていたのだけど、迷ったふりをして、うなずいた。

つばをのみこんで、返事をする。

「……わ、わかりました。自分で操作したいんで、ちょっとどいてください」

神木先輩はパソコンの前をはなれる。僕はマウスに右手をのせて、【kotomi】フォルダを右クリックして【ゴミ箱に入れる】を選択する。神木先輩はよそ見をしていたので、僕の行動に気づいていない。彼女の写真のデータはすべてパソコン内のゴミ箱に入った。

「じゃあ、ゴミ箱、空にしときますね」

わざとそう宣言して神木先輩の反応をうかがう。先輩は僕のやっていることに気づいてひどくあわてていた。肩をつかんで、マウスの操作をやめさせようとする。

「なにしてんだよ！」

なるほど。先輩は写真のデータのバックアップをとっていないらしいと判明する。

僕は安心すると、神木先輩をおしのけてゴミ箱を空にした。写真のデータがゴミ箱フォルダから消え去る。後はもう特別なソフトをつかわなければデータを復元できないはずだ。僕と長谷川コトミが帰った後、神木先輩はそれをやるかもしれないとはかんがえた。だから、神木先輩にむかって土下座をする。

「ごめんなさい、先輩！　データの復元はしないであげてください！」

いきなりのことに、神木先輩はとまどっていた。

「や、やめろって！　わかったから！　もういいって！」

僕が額を床にこすりつけていると、足首に包帯を巻いた長谷川コトミが入り口に顔を見せた。土下座している僕を見て彼女はおどろいている。

「……桑原くん、なんしよっと？」

「長谷川さんも、あやまったほうがよかよ。これ、慰謝料とか、損害賠償とか、請求されるばい」

「されたとしても、私にでしょう？　桑原くんは関係なか」

彼女はそう言うと、僕の横に正座して、深々と神木先輩にむかって頭《こうべ》をたれた。

「ほんとうに、ごめんなさい」

夕陽に染まる室内で、全員が押し黙った。神木先輩が、すっかりくたびれたように、深いため息をついたのが印象的だった。

僕たちは、神木先輩の親戚のおばさんにも謝罪した。とにかくあやまりつづけた。長谷川コトミは一階の部屋で湿布をはってもらっているとき、騒動の原因についておばさんに説明をしていたようだ。神木先輩が持っている写真のこと、彼の浮気の可能性、別れ話のことなどを白状したという。おばさんは学校にも家にも連絡しないとおっしゃってくれたが、もうあんな風に危ない真似《まね》はしないようにと長谷川コトミをしかった。窓ガラスの弁償はしなくていいと言ってくれたが、それは長谷川コトミが支払うと言ってきかなかった。

僕たちが帰るとき、神木先輩も家の前まで見送りに来てくれた。サンダルを引っかけて、ポケットに手をつっこみ、ふてくされたような顔である。僕とは目をあわさず、長谷川コトミのほうばかり見ていた。特にたいした会話もなく、彼女は会釈して彼とわかれた。挨拶すらない、あっけないお別れだったことにおどろく。それでも長谷川コトミはすがすがしい表情をしていた。

空が紫色の宇宙みたいな夕暮れ時になる。見上げた先に、星の白い光点がかがやいていた。すずしい風が吹いて、雲がながれる。うす暗い通りに、家の窓から放たれる黄色い明かりがぼんやりとひろがっていた。夕餉《ゆうげ》の支度をする音や、赤ん坊の泣き声が聞こえてくる。換気扇からただよってくるにおいに、おなかをすかせながら僕たちはあるいた。自由行動のゆるされた時間はとっくにすぎている。今ごろみんなは夕飯を食べているころだろうか。しかし長谷川コトミは足を捻挫しているため、ゆっくりとしかあるけないのだ。

「あのパソコン、こわれとらんかったと?」

神木先輩の部屋で、ぼろぼろの状態ながらも起動しているパソコンを彼女も目にしていた。

「うん。でも、写真のデータは削除したけん」

「……写真、見た?」

「見とらんよ」

「見たっちゃろ」

「ほんとうに見とらん」

「ほんとうに見とらんと?」

「見とらんよ」

「なんで見らんやったと?　興味なかったと?」

「ぐっとこらえたとよ」

「あ、電話が来とった。メールも。はやく帰ってこいって」

長谷川コトミはあるきながら携帯電話をチェックする。

「はやく帰らんば」

彼女は急ぎ足になろうとして顔をしかめる。

「……おんぶしようか?」

僕はおそるおそる提案してみた。長谷川コトミは顔をかがやかせる。

「それ、もうしわけないけど、ナイスアイデアばい」

街灯の明かりの下で彼女を背負った。背中に重みとやわらかさとあたたかみがのしかかる。いいにおいと同時に、湿布のにおいもあった。はずかしさで赤くなった僕の顔は、薄闇がかくしてくれる。僕は彼女の体重を背負って、点々と街灯のともった道をあるく。

「のり心地、快適ばい」

「僕はきつかよ。重か」

「重くなかよ。軽いほうよ」

「でも、落ちたとき、すごい音がしたばい。家がゆれたもん」

「嘘《うそ》やろ。羽毛みたいに落ちたよ。軽かけん、ふわっと着地したとよ」

「じゃあ、なんで捻挫したと？　ふわっと着地したなら、捻挫せんよ」

「これは、立ち上がったときにひねったと」

「そうね」

「そうよ」

神木先輩の部屋の騒動をおもいだし、僕は急におかしくなってきた。

「なんばわらいよると？」

そう聞き返す彼女もわらっていた。

そもそも、僕は体力のない貧弱な体つきをしているので、彼女を背負って最後まであるくことはできなかった。途中でギブアップをすると、肩をかしてならんであるいた。体力がもどると、また彼女を背負う。そのくりかえしだった。

急勾配の坂道をこえて、ホテルの正面玄関にたどりつく。ガラスの扉を抜けると、お風呂上がりらしい女子部員数名がたまたま通りかかってかけよってきた。何人かは僕の姿を見て「ひっ！」と息を呑んだ。三人の先生に事情を聞かれたので、町で不良にからまれて殴られたとか、逃げているうちに迷子になったとか、長谷川コトミがてきとうな嘘をついた。うすうす気付いていたが、彼女には嘘つきの才能があるらしく、また、その嘘に真実味をもたらす演技力もそなえていた。当初はしかられるかとおもっていたけれど、彼女がすっかりおびえたような表情で説明するうちに先生方の顔が哀れみ一色になっていった。警察に被害届を出すかどうかを聞かれたのだが、面倒だし、怪我もそれほどひどくないという理由で僕たちは首を横にふった。先生方との話はそれでおわりだった。

つめたくなった夕食を長谷川コトミと食べた。浴場から出ると就寝の時間になっている。部屋にもどって布団にもぐりこむと、同室の向井ケイスケや三田村リクやほかの男子部員から何があったのかを詮索された。ひどくつかれていて、うまく話せないまま僕は眠りに落ちていった。

目が覚めると、Nコン長崎県大会の当日になっていた。

＊＊＊

ホテルでビュッフェ形式の朝食を食べて、部屋で出発の支度をする。制服に袖を通し、スカートをはいて、鏡の中の自分を見つめた。

駐車場に駐《と》まっていた貸し切りのバスに、私たちはすみやかに乗りこんだ。修学旅行などで使うような大型できれいなバスだ。全員いるのを確認し、会場となる諫早市の諫早文化会館を目指して発車した。佐世保バーガーの店が窓の外を横切って、バスは高速道路に入る。私たちはそれなりに緊張していたけれど、旅をたのしんでもいた。後輩の女子部員たちがお菓子を食べながら「先輩、だいじょうぶですか?」「昨日は災難でしたね……」「このお菓子ば食べて元気出してください」などと長谷川コトミに話しかけていた。

「うん、もうだいじょうぶだから」

長谷川コトミは弱々しくほほえみをかえすのだが、その表情は健気《けなげ》に見えて、いっそうみんなを心配させた。昨夕、彼女が高校生くらいの年齢の不良グループにからまれたらしいことはすでに全員が聞いていた。彼女が男たちに声をかけられたとき、偶然に桑原サトルが通りかかっていなかったら、いったいどうなっていたことだろう。彼は長谷川コトミの窮地に気づくと、強引にお茶に誘おうとする男たちとの間に割って入ったという。結果的に彼はぼこぼこに殴られながらも、長谷川コトミの手をとって逃げだし、なんとかたすかったそうだ。彼女の足首の捻挫は、逃げている最中にころんでしまったときのもので、帰宅時間がおそくなったのは、無我夢中で逃げているうちに迷子になったことが原因だという。

桑原サトルの顔にできた痣は生々しかった。彼は地味で影がうすく、女子部員のなかには、まだ一度も彼と言葉を交わしたことがないという者もおおい。いつもいっしょに歌声を重ねていたけれど、彼がどのような性格で、どのような人物なのか、謎に満ちていたのである。しかしこの一件で桑原サトルはちょっとしたヒーローあつかいをされるようになっていた。外見はたよりないけれど、いざとなったら自分の身を盾《たて》にして女の子を守るような人間なのだと認識された。

後方の座席にひとりでぽつんと座り窓のむこうをながめている桑原サトルに、二年生の女子部員がちかづいて声をかける。

「桑原先輩、チョコレート食べませんか?」

それをきっかけに、一年生の女子部員の何人かが彼のもとにあつまって、飴玉《あめだま》やグミ、あぶらとり紙などを差し出す。彼はそうされることに慣れていない様子で戸惑っていた。

佐世保市から諫早文化会館までは、途中で高速道路を利用して一時間半ほどかかる。辻エリは車内で目を閉じて指揮のイメージトレーニングをしていた。途中で彼女が席を立ち、前方に座っている柏木先生のところにアドバイスを聞きにいったときのことだ。もどってきた彼女が怪訝な顔をしている。

「どがんしたと?」

「柏木先生、様子がおかしか。緊張しとるみたい。顔もこわばっとったし」

車内は割合、にぎやかだったので、私たちのひそひそ声はほとんど周囲に聞かれずにすんだ。唯一、私と辻エリの後ろの席にいた向井ケイスケだけが聞き耳をたてていたらしい。彼が顔をよせて会話にまじる。

「先生が緊張とかありえんぞ。俺たちよりも場慣れしとるはずばい？」

私たちはこれまで、何の不安もなく先生のピアノに身をゆだねて声を発することができていた。しかし、辻エリの話がほんとうだったら、緊張のせいで先生がミスをすることもありうるのではないか。

ありえない、ということがおこったとき、人は動揺する。動揺は伝染し、致命的な失敗を引きおこす。先生のミスが引き金になって、一気に崩れおちるということだってありうる。

私はどうしても辻エリの話が信じられず、柏木先生の斜め後ろの空いている席に移動してこっそりと観察してみた。たしかに今日の先生はいつもと雰囲気がちがっていた。ペットボトルのお茶を飲もうとしたら、手元がおぼつかなくて、ふたを落としてしまう。ふたをひろおうとしたところ、もっていたペットボトルまでかたむけてしまい、お茶をこぼしてしまう。文庫本を開いて読み始めたとおもったら、いつまでもページがめくられず、窓の外ばかり見ている。一年生の女子がお菓子の袋を開けられずに「先生ー！」と泣きついてきたので、かわりに開けてあげようとしたら勢いあまってお菓子をぶちまけてしまう。

「なんでかわからんけど、先生が今日はドジッ娘《こ》になっとるばい……」

元の席にもどって、辻エリと向井ケイスケに、自分が見たことをありのままに話した。柏木先生は普段、元ニートであることを公言してはばからない変な人だけれど、背筋はまっすぐだし、早朝でも顔はしゃっきりしていた。しかし今日は注意力が散漫な印象である。

バスのなかは合唱部員のはしゃいでいる声に満たされていた。世間で流行している曲を何人かが歌いはじめたのをきっかけに、会話をやめて歌に参加するものが次々とあらわれて、車内は歌声につつまれた。その一方、胸の中で不安は増すばかりだった。

町中から緑豊かな場所に入り、斜面をすこしあがったところに諫早文化会館はある。木々の茂っている丘を背景にした白色の角張った建物は、鉄筋コンクリート製で、地下一階、地上三階を有している。到着したとき、腕時計の針は午前九時半をさしていた。大会がはじまるのは昼過ぎだったけれど、ステージに登壇する際のリハーサルが午前中のうちにおこなわれる予定だった。

バスが駐車する間、私たちは窓にはりついて外をうかがった。私たちが乗っているのとおなじようなバスが何台もとまっている。県内からあつまってきた中学生合唱部員たちが大勢あるいており、あの学校の制服はかわいいとか、あの学校のはいまいちだとか、そういう目でながめてしまう。各自、弁当と水筒をぶらさげている。今年の参加校のなかで、五島列島から来ているのは私たちだけだ。彼らは全員、九州本土に住んでいる中学生なのだ。

車外に出ると夏の日差しに焼かれて一気に頭の表面が熱くなる。先生方の先導でアプローチの階段をあがり、正面玄関の自動ドアを抜けて、冷房の効いた館内に入った。大ホールと中ホールがあり、今日の大会で使用されるのは大ホールの方だ。私たちはまずそこを見てみることにした。

Nコンのいわゆる地区予選でもある都府県地区コンクールはだれでも無料で見学できる。ちなみになぜ都道府県コンクールと呼ばれていないのかというと、北海道は地区ごとに予選をおこない、北海道のみで北海道ブロックなるものを構成しているためだろう。

出入りをチェックする者はおらず、私たちは気軽に大ホールへの扉をくぐり抜けることができた。巨大な空間に足を踏み入れる。あまりの広さに、自分がちっぽけな蟻《アリ》にでもなったかのようだ。まだ座席はがら空きだ。赤色のシートがステージを囲むようにゆるやかな扇形にならんでいる。その数は一階席と二階席をあわせると千を超えるだろう。

「でかいなあ……」

今日の柏木先生の声は覇気がない。さっきから何度もつまずいて転びかけているし、通行人にぶつかって謝っていたし、まちがえて一人だけ中ホールの方に行こうとしていたし、いつもの調子でないのはあきらかだ。

ステージには合唱部員が整列するためのひな壇がもうけられており、そのうしろの壁の上方に『ＮＨＫ全国学校音楽コンクール・長崎県大会』という大きなパネルがはられている。客席から見て左手側にグランドピアノがあった。私の横にたっていた辻エリに耳打ちする。

「エリの指揮にぶれがなかったら、きっとだいじょうぶばい。たとえ先生がミスしても、私たち、ばらばらになったりせんよ。エリの指揮についていくけんね」

辻エリは、こわばった顔でうなずいた。

＊＊＊

午前十時ごろから、各校順番に登壇のリハーサルがおこなわれた。Nコンの進行は分刻みで厳密に定められており、スケジュールの乱れは絶対にゆるされないらしい。客席からステージ上に移動するまでの段取りを、しっかりと頭に入れなくてはいけなかった。僕たちは係員に誘導され、楽屋廊下という場所からステージ袖に入る。そこで一時待機した後、前の学校に続いてステージ上のひな壇に整列した。ステージからながめる大ホールの視界は昨日の宴会場の比ではなかった。その場で五分間のみ合唱の練習が許可されていたので、課題曲と自由曲の頭だけを歌う。ステージに立つ、という感覚を体になじませた。

登壇のリハーサルがおわると、自由時間になった。先生方が業者に発注していた弁当とペットボトル入りのお茶が全員にくばられる。バスの車内で食べる部員もいれば、会場周辺の木陰にすわって食べる部員もいた。僕は向井ケイスケや三田村リクやその他の男子と行動をともにした。諫早文化会館の裏を散策していると、森の中に広場のような場所を見つけたので、その片隅に陣取って食事をはじめる。日差しは強かったが、日陰に入るとすずしい風を感じた。

しばらくして、弁当を持ったほかの学校の女の子集団が広場にやってきた。僕たち同様に合唱部員だろう。見なれない制服に身をつつんだ女子生徒たちは、すこしはなれたところに座って弁当を広げた。三田村リクが笑顔でその子たちに手をふると、その子たちはすこしおどろいた顔をして、くすくすとおかしそうに友だちと顔をよせてわらっていた。

「おお、好感触ばい。ケイスケ、行ってこい。お友だちになるチャンスぞ」

三田村リクが向井ケイスケの背中を手ではじいた。

「やめんか、俺はそがんことせん」

向井ケイスケは取りあわずに弁当を口に入れている。

「つまらんなあ、彼女ができたけんか？」

「はあ？」

「しっとるぞ、おまえ、仲村といい関係らしかなあ？」

「仲村？　ナズナのことか？　おまえ、なんか誤解しとらんか？」

「誤解なもんか、みんなが噂しよるぞ、なあ？」

いっしょにいた二年生や一年生の男子に同意をもとめると、全員が首をたてにふる。ざんねんながら僕は初耳だった。

「え!?　おまえら、全員そろってなんば言いよっと？　本気でわけわからんぞ!?」

向井ケイスケは心底おどろいた様子である。弁当を置いて立ち上がった。

「照れんでもよかやっか。このやろう、うらやましかぞ」

三田村リクも立ち上がり、彼に柔道の技をかけようとする。

「やめろって！」

向井ケイスケは逃げまわり、ほかの学校の女の子たちがそれを見てわらっていた。

集合時間になり、諫早文化会館のそばにもどると、先生方の用意していたゴミ袋に弁当のゴミを入れる。女子部員の集団と合流し、向井ケイスケは仲村ナズナに話しかける。

「おい、しっとるか、みんなに変な誤解ばされとるぞ」

「しっとる。でも、今はそれどころじゃなか。もうすぐ本番よ」

彼らのそういう会話を耳にする。三田村リクの言っていたことは、やっぱり誤解ではないかとおもったけれど、仲村ナズナの言うとおり今はそれどころじゃない。会場裏手の空いているスペースにならんで、全員で発声練習をした。みんなで声を発していると、なんとなく心が落ち着いてくる。喉《のど》の調子もわるくはない。ひとしきり練習を終えて、僕たちはホールにむかった。

諫早文化会館の周囲はさきほどよりも混雑していた。応援にかけつけた父兄たちの姿もたくさんある。大ホールの入り口あたりで、出場校一覧の印刷されたパンフレットが配布されていた。学校名だけでなく、自由曲の題名や作詞作曲者の名前、指揮者や伴奏者の名前なども記載されている。僕たちの歌う自由曲は、作曲者のところに柏木先生の名前があり、作詞者のところには【仲村ナズナ・他】と印刷されていた。

ホールに入った僕たちを、座席まで係員の方が案内してくれた。一階前方の座席が出場者用に確保されており、一階後方と二階席の全部が見学者用に開放されている。大会の開始時刻がせまってきて、座席も次第に埋まってくる。僕は念のためトイレに行っておこうと立ち上がった。ホールを出たところで呼び止められる。

「サトル！」

ホールを出てすぐの空間をホワイエと呼ぶらしいのだが、そこに正装した父がいた。

「おまえ、その痣、どがんしたっか!?」

父はおどろいた顔をしている。気持ちがいい吹き抜けの空間に椅子がならんでおり、母と兄が腰かけていた。父の車に乗って、早朝のフェリーでやってきたらしい。

「あんた、なんがあったと!?」

母も声をあげる。

「昨日、町で不良にやられたっさ」

両親をなだめて、兄にちかよる。はじめての場所につれてこられて不安そうだった。椅子でしきりに体をゆらしていた。

「兄ちゃん、ここまで来るのは大変やったやろ？」

ちらりと僕を見る。表情に変化はないが、体をゆらしながら、何事かをぶつぶつとつぶやきはじめた。ずっと前に教会で神父様が読み上げた聖書の内容らしい。教会のコーラスと、今日おこなわれる合唱の大会のことを、兄は頭のなかで関連づけているのかもしれない。

「出番は何時ごろね？」

「十二番目、午後三時ごろかな」

出場校一覧のパンフレットを持っていないようだったので、一部もらってきて母にわたす。

「出番まで、アキオと外ばあるいてこようかな。すこし前になったら、私だけホールに入ろうっておもっとる」

「兄ちゃんとお父さんは？　どこにおると？」

父が返答する。

「俺たちはここにおるばい。そこんテレビで中が見られるごたるけんね。やっぱり、こいつは中に入れんごとした。いきなり大声ば出して立ち上がったりしたら迷惑やろ？」

隅っこに液晶ディスプレイが設置されており、ホール内のステージの映像が映し出されていた。ここにいてもステージ上に立っている姿は見られるらしい。それなら多少は救われるような気がする。

ホール内にどうしても入りたいとこちらが主張すれば入れてもらえる可能性はあるだろう。大会を運営している側からすると、兄の入場を拒否したら、障害者差別だと非難される可能性があるのだから。でも、合唱中にもしも兄が大声をあげたらとおもうとぞっとする。それをきっかけに、合唱している生徒たちの集中力がみだれてしまい、本来の力が発揮できなかったとき、謝っても償いきれない。

僕たちの横を大勢の人が通りすぎてホール内に入って行く。二階席入り口への階段を駆け上がる人たちもいた。時計を確認して、トイレはあきらめた。みんなのところにもどろう。

「じゃあ、僕はもう行くけん」

兄はあいかわらず体をメトロノームのようにうごかしながら聖書の一節を唱えていた。

家族に手をふって、僕はホールにもどる。

＊＊＊

ＮＨＫ全国学校音楽コンクール長崎県大会は、司会者によるアナウンスでしずかにはじまった。本大会の趣旨が説明され、審査員が一人ずつ紹介される。五人の審査員は会場一階の中心あたりに横並びですわっていた。音楽の世界では有名な方々である。司会者はさらに注意事項を説明する。課題曲と自由曲の間で拍手をしてはいけないこと。合唱の最中はホールの出入りを禁止すること。

「生徒が練習の成果を気持ちよく発揮できるよう、皆様もご協力ください」

司会者がそう締めくくり、さっそく一校目の合唱部員たちがステージ上に出てくる。私たちとおなじくらいの人数だが、男子はおらず、全員が女子だった。伴奏者と指揮者はどちらも大人の女性である。音楽教師か外部に委託したプロの方だろう。司会者によって学校名が紹介される。指揮者が客席にむかって一礼し、くるりと背中をむけ、ひな壇に整列した生徒たちとむきあった。

ホール内は静まり、緊張感が高まっていく。

うまくいきますようにと、私は観客席で祈った。自分たちのことを祈ったのではない。今、ステージ上にいる彼女たちのために祈ったのだ。今日、ここで合唱する二十校のうち、金賞をもらって九州大会に進むことができるのは、たったの二校である。彼女たちは私たちにとって競い合う相手でもあった。だけど、合唱を聴きにきて、失敗をのぞむ人はいない。観客席に座っている全員が、奇跡のような音楽に立ち会いたいと願っているのだ。

指揮者の腕がうごいて『手紙～拝啓　十五の君へ～』の女声三部合唱がはじまる。

透明度の高い、ガラスのような声がホール内にひろがった。

同年代のほかの合唱部の『手紙』を聴くのはおもしろかった。当然のことだが、指導者の好みによって、声の仕上がりや歌い方が全然ちがう。おなじ曲でも、男性的だったり、女性的だったり、力強かったり、やわらかかったりする。歌声が虹《にじ》のようにあざやかな色に感じられるときもあれば、どこまでも純粋な白一色に感じられるときもある。私たちの歌声は、柏木先生と辻エリの二人がかりで調整された。それはまるで宝石を磨くように、不純物を取り除いて純粋なものにちかづけていく行為だった。私たちの声を聞いた観客は頭の中にどのような色を想起するのだろう。

課題曲『手紙』は四分半から五分ほどの長さである。指揮者によって尺の長さは若干、変わってくるが、課題曲の場合は時間の制限がない。一方の自由曲は四分半以内の曲でなければならないという規定があり、一秒でも超えてしまうと失格となる。私たちに歌うことをゆるされた時間は、二曲をあわせた十分程度というわけだ。

一校目の合唱が終了し、拍手されながら退場する。

ほとんど間をおかずに二校目がステージに登場した。

自分たちの出番がすこしずつ確実にちかづいてくる。不安や緊張もあったけれど、目の前でおこなわれている合唱に私たちは魅了される。数ヶ月前まで合唱なんて聴いたことがなかったという男子たちも私語を発さずにステージを見つめていた。特に自由曲では、世の中にはこんな歌があったのかと、おどろかされているようだ。こんなに良い環境で生の合唱を聴くのは、はじめてにちがいない。音の粒が、声の波が、圧倒的な透明度で私たちのもとに届いた。

五校目の合唱が終了すると係員が呼びに来た。私たちの出番は十二番目なのでまだ先だったけれど、これからリハーサル室で練習をおこなう予定だった。それが終わったら、もう本番である。次に席までもどってくるのはステージ上で歌い終わった後なのだ。私たちはあわただしく運動靴を脱いでローファーに履き替えた。運動靴のままステージに立つ学校もあるけれど、うちの場合はローファーを履くのが伝統だった。直前にこうして履き替えるのは、なれないローファーで靴擦れしないようにという、松山先生の例年の作戦である。この場に松山先生はいないけれど、私たちが先生の指示をおぼえていて、一年生や男子に伝えていた。

席をはなれ、係員の誘導でホールを出た。ホワイエには様々な人が行き交っている。出場する合唱部員の身内らしい人々、学校関係者、そして合唱を愛しておりNコンを予選からチェックしに来た人などがあるいている。すでに演奏を終えた部員たちが片隅にあつまって先生からダメだしをうけていた。背中をまるめて体をゆらしている二十代くらいの青年と、その父親らしいがっしりとした体格の人が椅子にすわっている。青年は小声でなにかをつぶやきながら、しきりに自分の片耳をいじっていた。その雰囲気から、発達障害のある方ではないかなと想像する。

諫早文化会館一階のほぼ中央に展示ホールという空間があり、古めかしい柱時計や母子像などが飾ってある。【集合場所】と書かれた紙がそこに掲示されていた、そこでしばらく待機しているようにと係員から指示を受ける。リハーサル室は常にどこかしらの中学校が使用中で、部屋が空くのを順番待ちしている他校の合唱部が、私たちの前に二校ほどいた。

リハーサル室の入り口は展示ホールのすぐそばにある。前の学校がそこを出てきたら、すみやかに室内に入って練習しなくてはいけない。係員が館内の所定のポイントに立って、インカムで連絡を取りあいながら、分刻みで生徒の誘導をしている。時間に厳密なのは、本大会の一部始終が録音され、地元のNHK・FM局などで放送される予定があるからだろう。リハーサル室での練習時間は、今年は八分間と決められており、練習途中で時間切れになったら歌の途中で切り上げさせられる。時間のはかりかたは係員によって異なり、リハーサル室に入った瞬間からカウントする人と、室内に入ってスタンバイが終わってからカウントする人がいる。今回の係員はどちらだろう。前者の場合、ダッシュでリハーサル室に入って、時間のロスを少しでも防がなくてはいけない。重要なのは、全員がそろっていることだ。トイレで髪の毛をなおしたり、鏡を見たりしているうちに遅刻してしまい、リハーサル室に入れない生徒がたまにいる。

「全員、おるよね？」

辻エリがみんなに声をかける。ステージでは六校目の合唱がはじまっているころだ。私たちがリハーサル室に入って練習できるのは、七校目が歌い終わった後くらいだろう。六校目の後にNコンは小休憩をはさむので、それを考慮すると、あと二十分ほどはこの場で待機している計算だ。

「あのう……」

一年生の女子がおそるおそる手をあげて言った。

「柏木先生がいませんけど……」

私たちは周囲を見まわして血の気が引く。展示ホールは大勢の人でごったがえしていたので、柏木先生がいなくなっていることに気づかなかった。リハーサル室にはピアノがあり、柏木先生にも伴奏の練習をしてもらう予定だったのだが、その場にいたのは私たち生徒だけだった。教頭先生と兜谷先生はホールにのこって座席の荷物を見ているのでここにはいない。

「さがしてくる！」

私がそう言って走りだす。

「私も！」

辻エリが声を出す。

「よか！　あんたはここにおって！」

諫早文化会館の正面の庭に、オランダにあるような巨大な風車がそびえていた。実際に使えるものではないらしいが、電動で羽根の部分が回転するらしい。緑色の草花にかこまれて、煉瓦《れんが》造りを模した風車のある光景は、ここが日本であることをわすれそうになる。冷房の効いた館内から外に出ると、温かい夏の空気に体がつつまれる。

屋内の通路をうろついても、どこにも黒髪の美人はいなかった。もしやとおもい、外に出てみたら、正解だった。

柏木先生は風車の足もとに立っていた。すらりとした後ろ姿を見つけて、私は安堵しながらちかづいた。先生はだれかと電話しており、盗み聞きするつもりはなかったのだが、話し声が聞こえてくる。

「……まだ？　長いね、もう何時間そこに？　わかった、じゃあ、もう切るよ。出番はもうすぐ。うん……。気にしなくていいって言っといて。生まれたら、すぐに連絡ちょうだい……」

柏木先生が話を終えて電話を切る。会場にもどろうとしたのか、ふりかえったところで、私が立っていることに気づいた。

「ナズナ……」

「先生、だれと電話しよったと？」

柏木先生は、ばつが悪そうな顔をする。

「地元の後輩だよ」

「嘘やろ。松山先生と電話しよったとやろ?」

「盗み聞きはよくないし、ハルコと電話してたわけじゃない。地元の後輩ってのも、嘘じゃない」

「じゃあ、だれです?」

「ハルコの妹だよ。松山アカリって名前で、中高時代の後輩。……ハルコの奴、破水して、今は病院にいるってさ」

会場周辺の森から聞こえていた蝉の声が、すっとちいさくなったような気がした。

夏の日差しが諫早文化会館の白い壁をかがやかせている。

「昨晩、深夜にあいつの妹から電話があったんだ。病院にはこばれたって。旦那もつきそいでいっしょにいるらしい。動揺して眠れなくて、私に電話をかけてきたってわけ。こっちがNコンで島にいないってこともしらなかったって」

産科の入院部屋のような場所で、松山先生は現在、一定間隔おきにおそってくる陣痛に耐えているところだという。陣痛の間隔がみじかくなり、子宮口という場所が開いたら、ようやく分娩《ぶんべん》室に通されるそうだ。

諫早文化会館は植物の茂る丘に抱かれるような格好で建っている。

風が吹くと、木々のざわめきが私たちをつつみこんだ。

「アカリのやつ、むこうでハルコにしかられたらしい。どうして私にしらせたのかって」

松山先生はうまれつき心臓が弱く、出産にともなうリスクが人より何倍も高いという。

「もし、松山先生の体が耐えきれんやったら……」

言葉として発したことで、それが現実に起こりうることになったかのような恐怖がこみあげてくる。

「しってたのか」

「みんなしってます」

今、ホールではどんな歌声がひびいているだろう。

私たちは、みんながいる場所へもどることにした。


リハーサル室はだだっ広い殺風景な部屋である。壁の一部が鏡になっており、ダンスをやる人などがここで自分のポーズを確かめたりするのだろうなとおもった。前の学校の生徒たちがリハーサル室を出てきて、通路の混雑がおさまると、係員に誘導されて私たちはすぐさま室内に通された。所定の位置に整列し、柏木先生はピアノの前に座る。今日の係員はどうやら入室のタイミングで時間を計り始めるタイプの人だったらしく、私たちは私語のないまま、すみやかに、まずは課題曲から歌う。

あと数分、もどってくるのがおそかったら、私と柏木先生はリハーサル室に入ることを許可されなかっただろう。先生が姿をくらましていた理由を、みんなはしりたがっていたけれど、追及する間もなく、私たちのリハーサル時間となってしまった。

リハーサルは惨憺《さんたん》たる有様だった。まず、柏木先生の伴奏が走りすぎていた。気が焦って、逃げ惑う兎《うさぎ》のように、先生のピアノは、全員をおいてけぼりにする。辻エリはそれに戸惑い、最初のうち、立て直しを試みたのだけど、やがてあきらめたように覇気がなくなり、腕の振り方が縮こまったように見えた。私たちは全員、気がそぞろになりながら、それでも惰性で課題曲と自由曲を歌い、やがて係員が扉を開けてリハーサル終了となった。

通路を抜けて展示ホールにもどると、入れかわりに次の学校の合唱部員たちがリハーサル室に入る。彼らの顔にはやる気がみなぎっており、気分の落ちこんでいる私たちとは正反対だった。八校目の合唱がおわっていた。ホールにはもどらず、そのまま展示ホールに待機して本番をむかえなくてはいけない。展示ホールの所定の位置に案内され係員に待機を命じられる。九校目の合唱がはじまってしばらくしたら、ステージ裏の楽屋廊下へ移動するそうだ。私たちがステージ上へ整列する本番まで三十分を切っていた。

「ごめん……」

柏木先生が元気のない声で謝った。

二年生の女子部員、福永ヨウコが柏木先生を問いつめる。

「先生、どうしちゃったんですか！」

横峰カオルは、柏木先生につかみかかるような勢いである。

「さあ、先生、事情ば言ってください！　あがんミス、先生らしくなかです！」

他の部員も、柏木先生を取り囲む。

「……本番では、なんとかするから」

戸惑うように柏木先生は逃げようとする。そんなことを言われても、みんなの気持ちはおさまらない。しかし私には、理由を言いたくない先生の気持ちもわかっていた。本番直前に松山先生のことを白状したら、全員が動揺して、さきほどの柏木先生のように、普段はしないミスをする可能性がある。

「先生……！」

柏木先生を取り囲む合唱部員たちの輪っかが縮まる。それはすこし異様な光景だった。そのとき携帯電話の震動する音が聞こえた。柏木先生の表情が変わり、ポケットから電話をとりだす。液晶をちらりと確認した。合唱部員たちをかきわけて、すこし離れた位置で私たちに背中をむけた。受話ボタンを押して、先生は話しはじめる。

インカムをはめた係員が先生にちかづいてきて、この場所での携帯電話は禁止ですという旨を告げた。

「すみません、もうおわります」

先生はそう言うと、通話をおえて私たちをふりかえる。先生が言葉を発するのを私たちは待った。しかし、言うべきか否かを逡巡しているような沈黙が数秒間つづく。

「……松山先生に、なんかあったとですか？」

口を開いたのは辻エリだった。なぜそうおもったのだろうかと不思議におもう。

柏木先生はあきらめたような顔をした。

「わかった、教えるよ。ハルコが……、松山先生が、今、分娩室に通されたって……」

＊＊＊

九校目の合唱が終了したらしく、楽屋廊下の方から生徒が連なって出てきた。どの合唱部員も頬が上気して桃色にそまっていた。展示ロビーで彼らは保護者や友人に再会し、ほっとしたような笑顔を見せている。係員が僕たちのところにやってきて、そろそろ移動をお願いしますと言った。柏木先生がうなずいて、先頭に立ち、楽屋廊下の方にあるきはじめる。僕たちもそれに続いた。

移動しながら、すすり泣きをはじめる女子部員がいた。直接的に合唱の指導を受けたわけではない僕たちでさえ心配なのだから、松山先生といっしょに合唱してきた部員にとっては不安でたまらないのだろう。松山先生の出産に命の危険がともなっていることを、僕たちはしっている。

「悪いこと、かんがえすぎばい」

仲村ナズナが、すすり泣きをしている女子部員に声をかける。

「先生のことやけん、なんもなかよ。ぽろっと産んじゃうよ。心配してせいせいしたって、あきれるかもよ。泣くのは、歌い終わってからばい」

リハーサルの柏木先生が不調だったのは、松山先生のことが気がかりで集中できなかったからではないのか。今現在、その情報が合唱部全員にひろまってしまい、松山先生もこんなことは望んでいないはずなのに、全員の心が合唱からはなれてしまった。僕たちの心は集中力をうしない、そわそわとうつろいだしている。

「よりによって、今日とはなあ」

三田村リクがあるきながらぼやいた。いつかこんな風に、松山先生の体を心配する日が来るのはわかっていた。でも、それがNコンの日に重なるなんて運が悪い。最悪のタイミングのニュースだ。だれも平静さを保っていられない。柏木先生は、この件を自分の胸だけにしまいこもうとしていたのだろう。演奏後にでもおしえるつもりだったにちがいない。それを僕たちが半ば無理矢理に聞き出してしまったのだ。

諫早文化会館の奥まった場所に楽屋廊下はあった。移動を終えて、今度はそこで待機するようにと指示を受ける。それほど広くはない通路に、二十人前後の人間がひしめきあった。片方の壁にはいくつかの楽屋と男女のトイレがならんでいた。もう一方の壁には、大ホールのステージに通じる出入り口がある。僕たちが待機を命じられたのは、ステージ下手側の出入り口付近で、こちらには防音のしっかりした扉があり、少々の話し声はステージ上に漏れないようだ。

「ごめんな。もっと私が大人で、隠しきらないといけなかったのに」

柏木先生が声をひそめて、頭をさげる。

「心を切り換えて、本番では絶対に失敗しないから」

十校目の合唱がはじまった。楽屋廊下のずっと奥に、ステージ上手側の出入り口がある。そちらの出入り口には扉がないらしく、かすかに歌声がもれてきた。壁を一枚はさんだところはもうステージなのだ。

「柏木先生、ありがとうございます」

辻エリが言った。

「もう、みんな、だいじょうぶだとおもいます。だって、さっき、あれだけ悲惨な合唱ばしたけんね。あれより悪い演奏はなかですよ。やけんもう、気が楽になりました。一回、失敗したけん、もうこわいもんなかです」

柏木先生が、口元に笑みをひろげる。

「ありがとう、部長。エリが部長でよかった。なんだか、みんなをそういう気持ちにさせたいがために、私は、わざと失敗させてあげたような気がしてきたよ」

「先生、調子にのらんでください」

緊張が毎秒ごとに増大していく。自分の心臓の音さえ聞こえてきそうだった。長谷川コトミは後輩数名といっしょに深呼吸している。彼女の足首には包帯が巻いてあり、ひな壇にあがるとき、つまずかなければいいのだがと僕は心配した。一年生部員と男子部員は、はじめてのおおきな大会に興奮しており、まわりを見まわしたり、うろついてみたりと、落ち着かない様子である。

僕のすぐ目の前に向井ケイスケがいた。腕組みをしたままむずかしい顔で押し黙っている。

「みんな、緊張を集中力に替えるとぞ！」

仲村ナズナが後輩に言い聞かせていた。

「今までやって来たことを、悔いなく出し切るばい！」

後輩たちが不安そうにしながらうなずく。運動部に所属したことはないけれど、合唱はスポーツ競技と変わらないのではないかとおもう。筋トレもするし、多少の緊張にも動じないよう、くり返しくり返し体がおぼえるまで練習する。

今日、この場所に来て、合唱というものへの認識が、またすこし変化したようにおもう。客席で他校の演奏を聴いたときのことだ。合唱というものを見くびっているつもりはなかったのだけど、声がホールに響きわたる様を目の当たりにして目が覚めるようなおもいだった。ステージ上に整列している合唱部員たちの、ちいさな身体から発せられている声なのだと、頭ではわかっているのだけど、どうしても信じられなくなる瞬間があった。複数の人間の声が、織物のように世界を紡ぎ上げていた。伴奏と人間の声だけで、音楽のうねりが作り出される。複数の合わさった声は、個人の気配を消して、音の巨大な生き物を生み出していた。神話で語られるような大きさと神々しさの音楽の生き物だ。

みんなの顔を一人ずつ確認する。会話したことのある部員。まだ一度も話したことがない後輩たち。辻エリと先生のやりとりのおかげで、さきほどより多少はマシになったけれど、不安の影は完全に消えてはいなかった。一度失敗したからもうだいじょうぶだと、辻エリは言ったけれど、心を切り換えられないまま、やっぱりどこかで松山先生のことをかんがえてしまう。

そのとき、ずっと黙っていた向井ケイスケが、手をあげて発言した。

「……先生、いいことかんがえたばい。電話ば貸してくれんね」

大人数のせまくるしい廊下で、あまり身動きできない状態だったけれど、全員が首を彼のほうにむける。

「どうして？」

柏木先生が聞き返す。彼は係員のほうをちらりと気にしながら言った。

「松山先生に電話ばかけよう」

彼の背中を仲村ナズナが突いた。

「あんた、ここに来て、なんば言いよっとね！」

ステージ上にもれないよう、あたりをはばかるような声である。

「今は時間がなかけん、文句は後で聞く」

向井ケイスケは、係員を気にしながら、柏木先生の腕をつかんで楽屋廊下を引き返し、展示ロビーの方に消えた。ステージ上から漏れ聞こえていた課題曲が終わるころ、向井ケイスケだけが楽屋廊下にもどってくる。

「柏木先生は？」

辻エリが聞いた。

「今、むこうで電話しよる。そのうちもどってくるけん。なあ、部長、ちょっと耳ば貸してくれんか」

彼は辻エリにちかづいて、係員に背中をむけながらそっと耳もとになにかをささやいた。彼女はすこしおどろいたような顔をするが、うなずいて、指でＯＫのサインをつくる。向井ケイスケは次に三田村リクに耳打ちし、辻エリは仲村ナズナの耳にひそひそと話をする。話を聞いた者は、ちかくのだれかに耳打ちするというのをくりかえして情報を伝達した。楽屋廊下にひしめいている合唱部員全員で、係員に背中をむけて、なにごとかをささやきあう。係員はその様子を怪訝な表情で見ていた。

「サトル、おまえ、もう聞いたか？」

向井ケイスケに声をかけられ、僕は首を横にふる。

「じゃあ、ちょっと耳ばかせ」

向井ケイスケが、小声でその計画をおしえてくれた。

「松山先生に電話ばつなげたままステージに出るぞ。俺たちの歌声ば、島に届けるけんね」

＊＊＊

おおきな舞台で合唱をするのは、はじめてではない。これまでにも何度かNコンや朝コンで歌ったことがある。入場する直前の舞台袖ではいつも、小声ではげましあったり、わらったりしていた。不思議とそのようなとき、歌詞をさらって、どこをどのように歌おうなどというおさらいはしなかった。

頭のなかで百回歌えば、百回おなじに歌える。けれど実際の舞台ではそうならない。百回中の九十五回は平凡な演奏で、四回くらいノリの悪いダメな演奏があり、そして一回くらいは神がかったような演奏ができる。本番のステージで、どうか奇跡の一回がまわってきますようにと祈る。練習しまくって、準備を万端にととのえて、最後の最後は、祈るしかない。

十一校目の合唱を、ステージ袖に設置された反響板の後ろで聞いていた。周囲はうす暗い。移動してすぐは、自分の手足も見えないほどだった。反響板の裏側に設置されているモニターが光を放っている。演奏中の合唱部員たちが映し出されており、どうしてもそれをじっと見てしまう。だれも言葉を発さない。聞こえてくる課題曲のテンポがうちとは異なっていた。影響をうけないように、耳を手でおさえたり、耳元を手のひらでパタパタとやって聞こえないようにしたりする。

期待にこたえたい、というプラスの思考と、失敗したらどうしよう、というマイナスの思考が混在する。モニターの光に照らし出された一年生のくちびるがふるえていた。頭が真っ白になっているのだろうなとおもう。自分も一年生のときはそうだった。「こんな風に歌おう」などと、事前にかんがえていたことがすべてふっとんでしまうのだ。三年生になった今現在の自分はどうだろう。緊張を気合いでねじふせようとしているような気がする。最後の大会だからにちがいない。次の代にすばらしい状態でつなぎたかった。

やがて自由曲がおわり、観客席の方から拍手がふってくる。係員の誘導で、十一校目の合唱部員たちがステージ上手側の出入り口から楽屋廊下に出ていった。

私たちの番だ。反響板の後ろから出て、ステージ上のひな壇にむかう。視界が上下左右にひろがって、どこまでも広い空間に私たちは姿をさらす。一階席、二階席、ともにほぼ満席状態で、無数の人の顔がいっせいに私たちをのぞきこんでいるようにおもえる。さきほどの拍手がおわり、しんとしずまりかえった。

声を発してはならない。音楽というパズルのピースになるのだ。ひな壇に上がる。音をたてないようにと注意する。ゆっくり、胸をはってあるくようにこころがける。履いているローファーが、カツカツと音をたてないようにと。

柏木先生が、下手側に配置されているグランドピアノの横に立つ。一応、楽譜を譜面台にたてかける。いつも見ないし、譜めくりをする人もいないけれど。

辻エリが、たった一人、私たちの前に進み出た。客席からむけられる大勢の視線の圧力を引き受ける防波堤のようだ。私たちは彼女についていけばいい。

舞台上手から順番に、男声パート、アルトパート、ソプラノパートの順に三列で整列した。司会者が私たちの中学校名を紹介する。指揮の辻エリが観客にむかって一礼し、まわれ右をして私たちにむきなおった。柏木先生も一礼後ピアノに座る。

男声パートのならんでいる一画で、向井ケイスケが派手なくしゃみをする。その音はホール内にひろがった。大勢の観客と、Nコンの運営をしている係員が彼のほうをふりかえる。くしゃみは意図的なものだった。下手側にあるグランドピアノから視線をそらせるため、上手側の向井ケイスケが注意をひきつけてくれたのだ。その隙に、柏木先生が服の裏にかくしていた携帯電話を取り出し、自分の足もとに置いた。折りたたみ式の携帯電話をくの字にして横たえる。その上に足首まである長いスカートの裾をかぶせた。一連の動作はすばやかったし、客席とは反対側の左手でおこなわれた。見ていた人がいたとしても、スカートの裾をなおしただけに見えただろう。通話中の携帯電話をステージに持ち込んでいるだなんて気づかれたら、減点どころのさわぎではない。しかし、見咎められてストップの声がかかることはなかった。

柏木先生の電話は、松山先生の妹のアカリさんの電話とつながっていた。五島のとある産科で、出産に立ち会っているという松山先生の旦那さんの手により、アカリさんの電話は、松山先生の顔のそばに置かれているはずだ。本番直前、提案された計画に対して柏木先生は即断即決で賛成し、向井ケイスケが廊下で計画内容を広めている間、彼女はアカリさんに電話をかけて松山先生のもとに携帯電話をとどけるように指示を出したのである。

指揮をする辻エリが、私たちの顔を見渡す。彼女の表情に、さきほどまであった不安はもうない。運命に挑むような決意が見える。ひな壇の私たちに電気のようなものが走った。全員がおなじおもいを共有していた。これまでに体験した、どんな大会ともちがっている。金賞をとって勝ち進みたいという願望もなければ、ミスをしないだろうかという恐怖も消えた。今、私たちにあるのは、もっと純粋で、つよい心だった。私たちは、ただ歌を届けたかった。海をわたったところにいる、大切な人に。

「【くちびるに歌を持て、ほがらかな調子で】ってね。それをわすれないで」

松山先生の言葉をおもいだす。きっと、その通りだ。どんなに苦しいときでも、つらいときでも、不幸なときでも、迷ったときでも、かなしいときでも、くちびるに歌をわすれなければ、だいじょうぶ。私たちは涙をぬぐって、いつだって笑顔になれる。

辻エリの腕がうごいた。ピアノの澄んだ音の粒が、きらきらとホール内に反射する。

課題曲『手紙～拝啓　十五の君へ～』。

＊＊＊

第一声が、外れたり、おおきすぎたりしませんように。それがすぎると、あとは夢中で指揮者についていく。自分がこんな場所で合唱しているなんて不思議な気がした。数年前の自分は想像できただろうか。自分がだれかといっしょに歌っているだなんて。一生、ぼっち状態がつづくのだとおもっていたのに。

辻エリの手の動きは、しっかりと見えていた。全体の声や、周囲の人の声も、耳に入ってくる。自分の声が男声パート全員の声に溶けあう。その音がほかのパートの声と絡み合って音楽そのものになる。松山先生にも聞こえているだろうか。僕たちの声が、届いているだろうか。

懸命に歌っている自分と、それを俯瞰《ふかん》してながめている自分が同時に存在した。課題曲を歌うと、宿題で書いた手紙のことをおもいだす。それを読んでしまった長谷川コトミの表情は今でも目に焼き付いていた。おどろきとも、あわれみともつかない、複雑な顔だった。見てはいけないものを見てしまった、他人の人生に自分は深く入りこんでしまったという、そんな後悔の表情だ。他人に見せるつもりのなかった手紙には、だれにも言うつもりのなかったことを書いていた。兄と自分、そして将来のことを……。

拝啓　十五年後の自分へ。

いつも一人ですごしていました。

友だちが、できませんでした。

このコミュニケーション障害は、何が原因なのでしょう。

無意識のうちに、相手を避けていたのかもしれません。

自分は決定的にみんなとはちがうのだ、という自覚が昔からありました。

自分のことが、人間の村に入りこんだモンスターのようにおもえるのです。

クラスメイトに話しかけられたとしても、どこかで線をひいて、距離をおいてしまうのです。

だれともうまく意思疎通のできない、だれからも興味を持たれない、そういう人間に、なってしまいました。

でも、それは好都合です。

そうなった反動で、僕には兄しかのこされていない、という意識が心のどこかにありました。

兄には人一倍、感謝しています。

兄が自閉症でなかったら、僕は、生まれてこなかったのですから。


両親は、子どもを一人しか作らない予定でした。

兄が自閉症だとわかるまでは。

将来、兄だけが取りのこされたとき、一人での生活が困難になるだろうとおもわれて、両親は決意したのです。

自分たちが死んだ後、兄を世話してくれる弟か妹を作ろうと。

そして僕が、この世に生まれてきたのです。
もしも、兄がふつうの子だったら、僕はこの世にいなかったでしょう。

父が僕に言い聞かせていたことを、あなたは守っていますか？
兄の世話をしながら、工場でがんばっていますか？
兄弟でやとってくれる親戚に感謝をわすれていませんか？

僕は今、将来に対する不安がありません。
自分の存在している理由が、はっきりとわかっているから。
教室で、だれからも相手にされなくても、割合に平気でいられました。
兄のことを心のよりどころにして、僕は自分をたもっていたのです。
自分には使命がある、存在する意味がある。
生まれてきた意味がある。
兄といっしょに工場通いをして生きるのだと。
確定した未来が僕にはあるのだと。
そうするために、十五年前、僕は母のおなかに宿されたのですから。

自分の人生は決まっています。

僕の創造主でもある父の意思のままに。

でも、たまに、みんなのことがうらやましくなるのです。

生きている理由を、これから発見するため、島を出て行くみんなのことが。

僕の出生のように、計算ではなく、純粋な愛情によって生まれてきたみんなのことが。

両親の愛情をうたがっているわけではないのですが、たまに元気のないとき、そうかんがえてしまいます。


長谷川さんに、僕は嘘をついてしまいました。

自分に兄弟はいない、一人っ子だと。

咄嗟に兄のことを伏せてしまったのは、自分のなかにも、どこかしら、兄を疎《うと》ましくおもうところがあったのではないか。

兄がいなければ、もっと自由に生きられるのに、というおもいがあったのではないか。

信じたくないけれど……。

たとえ、そうだとしても、最後には兄のそばに寄り添うでしょう。

愛情も、憎しみも、何もかもすべて受け入れて、それでもいっしょに生きるでしょう。

僕たちは家族ですから。

＊＊＊

永遠に、おわらなければいい。

声がぴたりとかさなったとき、いつもそうおもう。

最後まで息がつづきますように。自分がだいなしにしませんように。指揮する辻エリのすべての仕草が、スローモーションのように見えて、なんてかっこいいんだろうと涙ぐみそうになる。

やがて課題曲の合唱がおわり、ホールが静寂につつまれた。

課題曲と自由曲の合間に、無音の時間がはさまれる。自分の心臓の音さえはっきりと聞こえてくる。私の前に立っている一年生部員の肩がふるえていた。客席からむけられる視線の圧力がすさまじい。冷静でいなくてはと自分に言い聞かせる。

「みんな、わらって」

松山先生の言葉が頭の中によみがえる。一年前と二年前のNコンで、今とおなじように、課題曲と自由曲にはさまれた無音のステージ上でのことだ。指揮の松山先生が、客席に聞こえないほどの小声で言って、私たちにむかってにっこりとほほえんだのである。すさまじい緊張のなか、手も足もふるえそうになりながら、私はそのことをおもいだして泣きそうになる。

「わらって」

ひな壇の上で私もつぶやいた。全員には聞こえなかったかもしれないが、周囲に立っている部員たちには届いただろう。

「みんな、わらって」

すこしはなれたところから、横峰カオルのささやくような声が聞こえてきた。ちらりとそちらを見ると、目があって、口元に笑みがひろがる。私の声が聞こえて、その言葉を遠くの部員につたえてくれたのだ。

「わらって」

ソプラノパートの方から長谷川コトミの声も聞こえてくる。

伝言ゲームのように、ひな壇の上を、松山先生の言葉がひろがっていった。

一年生部員の肩のふるえが、すこしずつ、おさまる。

辻エリが私たちの顔を見ながら、胸のあたりに置いた両手のひらを上にうごかす。野球のサインのように決めていたジェスチャーのひとつだ。意味は【もっと声をおおきく】。彼女は柏木先生と視線をかわす。先生がグランドピアノのむこうでうなずいた。辻エリの両手が高く掲げられ、会場全体に緊張がはしる。彼女のうごきを合図に自由曲がはじまった。柏木先生の指が音楽を紡ぐ。観客がはじめて耳にする旋律だ。

私たちの声が、ホールにひろがる。

合唱部に入って、友人ができて、ひまさえあれば歌っているという生活をおくっていると、クラスメイトの何人かに、おなじような質問をされた。つまり私が、なぜ合唱に興味をもったのか、ということだ。歌うことが好きだったから、という回答ではおもしろみがないのか、すぐには納得してもらえない。だから私はこう答えていた。

「みんなで歌ってると、お母さんのことばおもいだすとよ」

はじめて合唱に触れたとき、隣に母がいた。

小学校にあがるすこし前のことだった。

その日、私は母の運転する車でとなりの町に出かけた。入り組んだ海岸線にそって道はのびており、カーブをまがるたびに窓の外の景色は山と海とが入れかわった。体がかたむくと、手の中のドロップの缶が、からんと鳴った。

病院の駐車場に車が入る。母が診察を受けている間、私も側《そば》についてじっとしていなくてはいけなかったのだが、その日はなぜか診察が長びいて、なかなか母は解放されなかった。私は退屈をつのらせ、こっそりと診察室を出て、外を散歩してみることにした。

明るい緑の庭を、入院患者とおもわれる人々があるいていた。日差しのなかをあるいていたら、どこからともなく美しい声が聞こえてくる。

病院からすこしはなれた場所に古い教会が見えた。私の住んでいる地域で教会はめずらしいものではない。当時の私はキリシタンの歴史的な背景なんてしらずに風景の一部として受け入れていた。アーチ型の扉がすこしだけひらいて、そこから歌声がもれている。口の中の飴玉が歯にあたってからころと鳴った。

扉にちかづいて、なかをのぞいてみる。木製の長椅子が連なっており、そこに大勢の人が腰かけて耳をすましていた。奥の壁に大きな十字架が見える。その足もとに、シスターの服装に身を包んだ聖歌隊が横一列にならんで歌っていた。

友人のカトリック教徒によれば、小中学校の女子は聖歌隊の一員としてミサのときに歌わされることがおおかったらしい。私がそのときに見たのも、近所のカトリック女子によって組織された聖歌隊だったのだろうか。

教会のステンドグラスを通過した陽光が、床板を赤色や青色や緑色にそめていた。入り口のあたりに立ったまま、私は歌声に聞き入る。教会の壁や天井に歌声が反響し、その場にいた全員をつつみこんでいた。透明な水に絵の具の滴《しずく》をたらすと、色が煙のようにひろがっていく。まさにそんなイメージが頭にうかんだ。聖歌隊の発した声が、色になって教会の内部にひろがっていく。どんな画家でもつくりだせない色だ。どんな詩人でも言葉足らずになってしまうような色だ。

ふいに肩をたたかれ、ふりかえると母がいた。

「ナズナ、さがしたよ」

歌声は高い天井をつきぬけてもっと高いところまで上がっていく。聴いている私たちもまた、歌声に引っ張られるようにして上昇していくような気がした。どこまでも、どこまでも、天井をつきぬけて、神様のいるところまで。

当時のことをおもいだすと、ドロップの甘みがよみがえって、こめかみのあたりがじんとする。私が幼稚園のころに一度、母は手術した。小学生のころに二度目の手術があったけれど、そのときにはもう、運命は決まっていた。母が死んで、父もいなくなり、私には合唱の記憶がのこった。

みんなの声がかさなり、音の渦に包み込まれたとき、母がすぐそばにいるような気がしてくる。

当時はとても悲しかった。

でも、もう今は、悲しいことなんてない。

いっしょに歌ってくれる仲間がいるから。

自由曲の合唱が、おわりにちかづいていた。心をぎゅっとしめつけるようなピアノの旋律だ。ここから遠くはなれた島に届いていることを心から祈る。母と子の耳に、私たちの歌声が届いていますようにと。辻エリの手のうごきにあわせて、私たちの声がちいさくなり、最後には闇へ溶けこむかのように消える。

静寂。

私たちにあたえられた十分間がおわった。

エピローグ

無音の中で、自分の心臓の音だけが聞こえる。

だめだったのだろうか？

客席からの反応が返ってくるまで不安だった。

数秒後、大ホールが拍手につつまれてほっとする。それを背後に聞きながら僕たちはステージを後にした。平衡感覚を失ったようにふらついている女子部員がいて、他の子が肩をささえていた。ほっとしたのか、感極まったのか、泣いている子もいる。現実感がなかなかもどってこなくて、頭がぼんやりした。柏木先生はだれにも見つからないよう携帯電話を回収して服の裏にかくしているようだった。会場職員の目があるため、この場所では電話のむこうと話ができない。無言で通路を進み、諫早文化会館の展示ホールで先生が立ち止まる。ホールには寄贈されたものらしい長時計と母子像が壁際に置いてあった。母子像は、着物を着た女性が赤ん坊を抱いて授乳している姿だ。柏木先生は携帯電話を取りだして耳にあてた。松山先生はまだ分娩台の上にいるのだろうか。僕たちの合唱は、五島に届いていたのだろうか。先生を囲み、息をつめて見守った。先生はしかし、携帯電話を耳にあてたまま無言である。一瞬、不安にさせられる。しかし、ゆっくりと、柏木先生の口元に笑みがひろがった。

先生は僕たちに携帯電話をむける。

男子と女子の集団がおしくらまんじゅうのようになりながら携帯電話をのぞきこむ。

液晶に表示されている通話時間は十数分を超えており、一度も通話が途切れていないことがわかる。

スピーカー部分から、ほんのかすかに、赤ん坊の泣き声が聞こえてきた。

全二十校の合唱が終了し、選考結果を待つ間、ステージが開放された。歌いたい合唱部員たちがステージにあがって好きな歌を披露する。コンクールの勝敗とは無縁の歌声には、自由でしあわせなものがあった。その時間、向井ケイスケと仲村ナズナの二人が、どこかへ消えていることに何人かの部員が気づいた。「仲がよかねえ、あの二人」と部長がつぶやいたという。

選考結果が発表され、総評が選考委員の方から述べられる。残念ながら僕たちは九州大会に進むことができなかった。その後、ホール内にいた全員で課題曲を合唱し、Nコン長崎県大会は幕を閉じた。


諫早文化会館の外に出ると、大勢の生徒たちが記念写真をとっていた。全員、その場を立ち去るのが惜しいのだろう。僕たちもすぐにはバスへもどらずに、すこしだけ外をぶらついた。先生方の決めた集合時間まで余裕がある。教頭先生の持っていたカメラで記念写真を撮影した後、後輩の女子部員が駆けよってきて「桑原先輩、いっしょに写真を撮ってもいいですか？」と声をかけられる。動揺しながらうなずくと、後輩は僕の隣にならんで諫早文化会館を背景に携帯電話で自分撮りをした。

「サトル！」

一人で正面玄関のあたりをうろついていたとき、呼びとめられる。ふりかえると、父母と兄が人込みのなかで立っていた。

「合唱、すごかったばい。あんた、緊張したやろ。大勢の前で、がんばったねえ」

母が興奮気味に話す。

「緊張したけど、一人じゃなかったけん、だいじょうぶやったよ」

父もまた、ディスプレイで合唱を見てくれていたようだ。

「会場に入れんで残念やったね」

「別によか。俺らはもう帰るぞ。おまえはバスでもどっとか？」

「うん。夜にはもどるけん」

兄がどことなく、そわそわしていた。トイレに行きたいらしい。

「二人はここにおって。兄ちゃんばトイレにつれてくけん」

両親をその場に待たせ、兄の肘に手をそえてあるきだす。身内の応援がおわって立ち話をしている人や、顔を寄せあって携帯電話のカメラに笑顔を見せている生徒で、どこも混雑している。カメラのフラッシュが瞬《またた》くたびに、兄がびくりと肩をふるわせる。

大ホール周辺は人がおおいため、奥まったところにある中ホール前のトイレへ連れていくことにした。予想通りそちらの方は人がすくなくて閑散としている。あたりがしずかになると、背後からついてくる足音に気づいた。後方のすこしはなれたところに長谷川コトミがいた。

「あ、気づかれた」

「なんばしよっと？」

「桑原くんば見かけたけん、観察しよったと。そちらは、お兄さん？」

「うん。僕の兄ちゃんばい」

長谷川コトミは、兄に会釈する。

「どうも、長谷川です」

兄は無反応だ。彼女なんて存在しないかのように目をあわせない。でも、会話はすべて聞こえているし、テープレコーダーのように記憶しているはずだ。

ひとまず僕たちは男子トイレにむかう。長谷川コトミを外で待たせて、兄は一人で大の個室に入って扉を閉めた。母の努力により、兄は一人で用を足すことが出来るのだ。それどころか、洗面所で手を洗ってハンカチで拭《ふ》くことまで学習している。手を洗わずに出て行く人よりもはるかに清潔なのである。兄が出てくるのを、トイレの外で待つ間、長谷川コトミと立ち話をする。

「今日はおつかれさま」

「うん、そっちこそ」

「やっぱり、あの人が桑原くんのお兄さんやったとね。そうかもしれんって、おもっとったよ」

長谷川コトミは僕の書いた手紙を読んでいたから、兄が自閉症であることをしっている。

「ホールを出たところに、ずっとすわっとったよね」

「兄ちゃん、目立っとった？」

「中に入れてもらえんとかなって、心配しとったっさ」

「自粛したとよ、うちの親が」

僕たちは壁によりかかってならんでいた。中ホール前の通路には、駐車場側に通じるガラス扉がある。外の明るい日差しにくらべて、僕たちのいる通路はうす暗い。

「さっき、桑原くんのお父さんとお母さんも見たばい。手紙に書いとったよね。自分が生まれたのは、計算によるものだったんじゃないかって」

手紙のことが話題に出るのは、はじめてだ。

「うん、書いとった」

「ぜーんぜん、そがん風には見えんやったよ。お父さんも、お母さんも、桑原くんのことば、やさしい目で見とったよ」

「そうね。ありがとう」

お礼を言ったけれど、本心から出たのではない。儀礼的なものだったとおもう。それが彼女に伝わってしまったのかもしれない。

「桑原くんは、わかっとらん。だって、桑原くんは、桑原くんやけん。どういう風に生まれてきたかは関係なかよ。桑原くんが今ここにおることに、ただ感謝すればよかとよ。十五年前、とにかく桑原くんは、生まれたとやけんね」

「わ、わかった……」

「それより、さっき桑原くん、女子にもてもてになっとったね。おかしかったー」

「長谷川さんのついた嘘のせいばい」

「よかやん、人気者になれたっちゃけん」

「ほんとうのことじゃなかけん、うれしくなかよ」

「でも、似たようなことしたよ？　私のピンチに駆けつけてきてくれたやろ？」

「あれはどう見ても神木先輩の方のピンチやったばい……」

「あ、そうか」

外の喧噪《けんそう》に耳をすませた。ガラス扉の向こうに視線をやる。外の明るい光の中を、たくさんの生徒たちが行き交っている。すこしの間、長谷川コトミの顔を見ていなかったので、彼女の目がいつからか赤味をおびていることに気づかなかった。洟《はな》をすする気配がしたので、ふり返ると、彼女は泣きそうになっているではないか。僕はすっかり動揺して、「え？　なんで？」とくりかえす。自分はなにか、傷つくことを言ってしまったのではないか。

「と、とにかく、ごめん！」

ひとまずあやまってみる。

「なんばあやまっとっと？」

「泣いてるし！」

「泣いとらんよ、私」

「でも、目が赤かよ」

「これは、寝不足が原因よ」

「涙もすすってるし」

「花粉症やもん」

「季節外ればい。ほんとうは、なんで？」

「……ほんとうは、桑原くんに、ありがとうって言いたかったとよ、昨日のこと。それがうまく言えんで、なんか、こうなったと……。ば、馬鹿なことに、つきあわせて、ごめん……」

長谷川コトミはすっかり泣き顔になる。

「なんだ、そがんことか。別に、よかよ。昨日のこと、何ともおもっとらんけん。あと、それから、しっとった？　僕、長谷川さんのこと好きとよ」

ガラス扉のむこうから差しこんでくる光が、彼女の瞳やら濡れた頬やらを輝かせている。泣くのをやめて、彼女の表情が、おどろきへと変化する。まさにそのとき、男子トイレの奥の個室から、ジャー、という水の流される音がひびいた。緊張感までもが一気に流されてしまい、間抜けな感じがして、僕たちはおもわず、ふきだしてしまった。

「桑原くんは、ほんとうに格好悪かねえ」

涙を拭って、長谷川コトミがわらっていたので、これはこれでいいのだとおもった。

＊＊＊

「はい、チーズ！」

にっこりとわらって、フラッシュが光る。諫早文化会館前で、私たちは記念撮影をした。全員で写った後も、横峰カオルや福永ヨウコ、その他の女子部員は、二年生の関谷くんをかこんで放さない。関谷くんも、まんざらではなさそうだ。この連中はあいかわらずだなとおもう。三田村リクと数人の男子生徒たちが、他の中学校の女の子たちをながめに行こうぜと言って、どこかへ走っていく。バスに集合する時間まで余裕があったので、私は辻エリをさそって散歩した。

「無事におわってよかったねえ」

辻エリがすがすがしい顔をする。

「松山先生も、赤ちゃんも無事だったし、ハッピーエンドばい」

柏木先生は携帯電話で五島の人々とやりとりをして、母子ともに無事であることを確認していた。

「なんがハッピーエンドか？」

辻エリは私の横腹を指で押す。

「え、ちがうと？」

「九州大会に進めんかったとぞ。ざんねんな結果やろうが」

大会が終わっても、大勢の生徒がのこっている。この場所が名残惜しくて、みんな帰りたくないのだ。お祭りが終わって、寂しいような気持ちを、おそらく全員が共有していた。諫早文化会館北側の丘に、森をかきわけて設置されたような階段があった。それを指さして辻エリに提案する。

「ねえ、あそこ上ってみん？　上になんがあるかなー？」

あまり乗り気ではない辻エリをひっぱって階段をのぼりはじめる。折り返しているところでふりかえると、諫早文化会館周辺にたまっている人々を上から見渡せて気持ちがよかった。

さらにのぼってみると、喧噪も遠くなり、蟬の鳴いている森が周囲にあるだけとなった。そのような階段の途中に向井ケイスケがすわっていた。

「あ、向井くん、こがんところにおったと？」

辻エリはすこしおどろいたようだ。

「部長、今日はおつかれさまやったね」

彼は立ち上がって階段をおりはじめる。辻エリは彼のほうにむかって階段をのぼろうとする。

二人の距離がちかくなる。しかし私がうごかないので彼女はふりかえって首をかしげた。

「ナズナ、どがんしたと？」

「ケイスケが、エリに話があるって。私はみんなのところにもどっとくばい」

「え？」

向井ケイスケと視線を交わす。

「こいつは貸しばい！」

「ありがとな、ナズナ」

私は後ろをふりかえらずに階段を駆け下りた。辻エリはきっと、あっけにとられていることだろう。しかし、向井ケイスケから話を聞かされて、私は案内役をしていたのだと理解するはずだ。それですっかり誤解も解けるはずだ。

さきほど、Nコンの選考がおこなわれていたときの待ち時間、私は彼に呼び出されて頼まれたのである。

「この後、部長に告白したいけん、連れてきてくれんか。外の階段の上で待っとくけん」

彼が急にそう決めたのは、私たちが交際しているという誤った情報が流布していたせいである。はやいうちにそれを払拭《ふっしょく》するため、今日、本心を言うことにしたのだ。

階段を早足で一段おりるたびに、後方へのこしてきた二人が遠ざかる。胸が締め付けられるような気持ちになった。そのときにはもう自覚していた。自分のなかにある感情から目をそらすことはしまい。父のことで異性を恨む日々はおわったのだ。

諫早文化会館の正面にもどり、行きかう人をながめながら、壁に背中をあずけた。荷物からサクマ式ドロップスを取り出してさかさにふる。手のひらに落ちてきたのは、赤色の粒だった。口に入れるとイチゴの味がひろがる。ため息をついて空を見上げたら、入道雲がうかんでいた。ドロップの甘みが、体にしみわたった。

視線を感じて前方に目をやると、すこしはなれたところに長谷川コトミがいて、こちらを見ていた。一人ではない。彼女のそばには、桑原サトルと、どうやら彼の家族らしい三人組がいた。顔立ちがどことなく彼に似ている。お母さんはやさしそうな方で、お父さんは大柄な熊のような人だ。そしてもう一人、長身痩軀《そうく》のお兄さんには見覚えがあった。Nコンがおこなわれている最中、ホワイエの椅子にすわっていた人である。その雰囲気から、発達障害のある方なのだろうとわかった。もしかしたらそのせいで、会場に入れなかったのではないか。合流してそのあたりのことをうかがってみよう。荷物を肩にかけて、彼らに駆けよった。

「エリはいっしょじゃなかと？」

長谷川コトミが聞いた。

「はぐれてしまったっさ」

「こちらは桑原くんのご両親とお兄さんのアキオさん」

彼女が紹介する。桑原サトルは、一歩ひいたところで、なんだかはずかしそうにしていた。

初対面の三人に会釈をする。桑原サトルの両親が会釈をかえす。ひとしきり合唱の感想などを聞いて、私は恐縮し、照れくさくなった。諫早文化会館正面にコンクリート製の階段がある。お兄さんは、そこに腰かけて、ほそながい足をかかえて背中をまるめていた。体をゆらしながら、風にそよぐ熱帯植物の葉を見ている。

「お兄さん、ずっとホールの外におったよね？」

私は桑原サトルに聞いた。

「うん、みんなの迷惑になるかもしれんけん」

「迷惑？　こがん、おとなしかとに？」

彼のお兄さんは、さきほどから一言も話さない。

がっしりとした体格の、桑原サトルの父親が説明する。

「おとなしくなかばい。さっきも、ずーっと聖書の内容ばぶつぶつ言いよった。いやなことがあってパニックになったら、合唱の最中でも騒ぎ出すけんね」

ぶっきらぼうな言い方だった。

「合唱を生で聴けなかったんですか。もったいなかですねえ、それは」

合唱をホール内で聴けたのは、桑原サトルの母親だけだったらしい。その間、ホワイエで父親とお兄さんは待機していたのだという。五島から海をわたってわざわざ来てくれたのに、ふたりはディスプレイ越しでしか合唱を聴くことができなかったのだ。

「もったいなかですよ」

「よか、充分ばい」

父親はそう言うけれど、私は納得しなかった。

「いや、合唱は生で聴いた方が絶対によかです」

「こいつは、普通とはちがうけん、しょうがなかとよ」

「しょうがなかとですか？」

「そうばい、しょうがなか」

これまでの桑原サトルのお兄さんの人生についてかんがえさせられた。この人は小学校や中学校はふつうに通えたのだろうか？　おおぜいの人が出会う様々なたのしみをこの人も受け取ることができたのだろうか？　しょうがないの一言であきらめさせられてきたのではないだろうか？　この人になにかをしてあげたいという気持ちがわいてきて、私は長谷川コトミをふりかえる。

「なん？」

「ソプラノがここにおるねえ」

私はそして桑原サトルを見る。

「男声パートもここにおる。私はアルト。じゃあ、歌うしかないなー！」

「え？　ここで？」

桑原サトルが聞いた。

「もちろん」

「しかたなかねえ」

長谷川コトミは苦笑いする。伴奏も指揮もないけれど、まあなんとかなるだろう。私たちは、桑原サトルのお兄さんの前にならぶ。

「曲はなんがよか？　『手紙』？」と長谷川コトミ。

「今日だけでたくさん聞いたけん、ほかのでいいっちゃない？」と私。

短い相談の結果、だれでも歌詞をしっている有名な曲をセレクトする。

練習なしでも、まあ、なんとかなるだろう。

「やめれ、はずかしかけん！」

桑原サトルの父親がすこし怒ったように言った。もうしわけないけれど、ここは無視させてもらう。母親のほうはおもしろそうにしているだけで止めなかった。ありがたい。階段に腰かけているお兄さんの前に、私たち三人は横並びで整列した。お兄さんがすわっている段よりも、五段ほど下である。荷物とドロップスの缶を足もとに置いた。

「用意はいい？」

長谷川コトミと、桑原サトルがうなずいた。

「じゃあ、いくよ。いち、に、さん、はい！」

伴奏もなにもないから、いきなり歌い出す。声がうまく重なっておらず、出だしがみっともなかった。でも、コンクールでも何でもない場所での合唱だから、そんなことは気にしない。私たちはただ、歌うことをたのしめばいい。たった三人だったから、さきほどまでホールにひびいていた歌声にくらべて弱々しいかもしれない。けれど、体の奥から、音楽があふれてくるのを感じた。

周囲にいた人々がふりかえり、好奇の視線をむけてくる。会話を中断し、足を止めて、私たちに視線をそそぐ。階段は幅がひろく、そこを中心に人があつまってきた。そのうちにざわめきがしずまって、歌声だけがひろがっていく。

胸の中にある、疼《うず》きのようなものに気づく。

今さらこんな風に胸が痛むなんて理不尽だ。

しめつけられるように、苦しくて、涙が出そうだった。

私が息を詰まらせていることに気づいて、長谷川コトミが手を握ってくれた。

ぎゅっと、強く、握ってくれた。

もう、歌えない。

声が出なかった。

このまま、合唱もだめになるかとおもった。

でも、そのとき、助けが入る。

大会の最中、桑原サトルのお兄さんはずっとホールの外に座っていた。だから、大勢の人が目撃して、気にかけていたのかもしれない。私たちの歌っている相手が彼であることをしり、私たちの意図を汲《く》んでくれた、というのはかんがえすぎだろうか。ホールに入れなかった彼のために、今ここで歌声を聴かせたいという意図を。

すこしはなれたところから、歌声が参加した。

ほかの学校の見知らぬ合唱部員の男の子だった。

また別の方向で、帰りかけていた女子生徒二人組が、地面に荷物をほっぽりだし、私たちの合唱に参加してくれた。

家族と記念撮影をしていた生徒の集団が、私たちのほうにちかづいてきて、歌声を重ねてくれた。

桑原サトルの兄は、音のうずの中心で、歌声に耳をすませる。心から音楽に身をゆだねている。そうおもわせる純粋な表情だった。

私一人が歌えなくなったことなんてどうでもいいほどに、合唱の規模はおおきくなる。その場にいた見知らぬ合唱部員たちが、即興であわせてくれる。歌声の数が増していくたびに、声は渾然一体となり、うつくしさと迫力を増した。音楽への感謝と、よろこびに満ちている。

私はこの疼きをかかえて生きていくのだろう。合唱を聴きながら、そんなことをかんがえる。大人になっていくのだ。甘くて苦い、今を生きるために。

そのとき、足元に置いていたサクマ式ドロップの缶につまずいてしまった。からん、からん、と缶が階段を落ちていく。衝撃でふたがひらいてしまい、数個の色鮮やかなドロップが飛び出した。レモンの黄色、ブドウの紫、ハッカの白。明るい日差しのなか、はねてころがるドロップはうつくしかった。その音は合唱の邪魔にならなかっただろうか。

桑原サトルのお兄さんが立ち上がった。

彼は、階段にちらばったドロップに、じっと視線をむけている。

「……ナズナ……」

彼がつぶやいた。口があまりひらいておらず、聞き取りにくい声だったが、自分の名前だったのではっきりとわかった。桑原サトルが歌うのをやめて怪訝そうな顔をする。私もおなじような表情だっただろう。彼はいつ、私の名前をしったのだろうか。さきほど自己紹介したとき、苗字しか名乗らなかった気がするのだけど。

彼は表情を変えないまま、ちらばったドロップに視線をそそいで言葉をつぶやく。

「……泣かんとよ……だいじょうぶ……おうちに……」

合唱はまだつづいている。

音楽の中心で、彼は階段を一段ずつおりはじめる。

私たちの横を通りすぎて、階段にころがっているドロップに手をのばし、そして、一粒、口にほうりこんだ。

「兄ちゃん、きたなかよ」

桑原サトルが彼の横に立って、心配そうに話しかける。

まだちいさかったころ、母が診察を受けている間に病院を抜け出し、教会で聖歌隊の歌声を聞いた。その後の出来事を、私はおもいだす。

コーラスがおわり、口の中のドロップスが溶けてなくなった。

私は、サクマ式ドロップスの缶を振る。

出てきたドロップスは、しかし床にころがってしまった。

缶を振っても、もう音はしない。最後の一粒だった。

ひろって食べようとしたら、すっと横から手がのびて、少年がひろって口に入れてしまった。

私は、泣いてしまう。かなしかった。最後のドロップスを食べられてしまったことが。

騒動を聞いて、少年の母親らしい人もやってきて、私と母にあやまっていた。

母は、泣いている私をあやしてくれた。

でも、私は泣いているばかりで、母の言葉なんて聞こえていなかった。

そのとき、母がなんと言ったのか、私はおぼえていなかった。


「……おうちに帰ろう……泣かんとよ……」

桑原サトルの兄が、くりかえし、つぶやいている。

おなじ島の中で暮らしていたのだから、いつかどこかですれちがっていたとしてもおかしくはない。私はもう、そのとき、気づいていた。この人があの教会で私のドロップスを食べてしまった少年だったことに。

教会で私は、母に抱きしめられた。

からっぽの缶をにぎりしめて泣き続ける私に母は言った。

彼の発している言葉が、母の声ではっきりと耳に届く。

「泣かんとよ、ナズナ、だいじょうぶよ。さあ、おうちに帰ろうね……」

＊＊＊

拝啓　風薫《かお》る新緑の季節、健《すこ》やかに過ごしていらっしゃいますか。

あれほど冷たかった風も、今ではすっかりあたたかくなりました。

先日まで蕾《つぼみ》だった花が、美しく開いて、朝靄《あさもや》のなかで滴《しずく》をつけています。

港でお別れをした日から、ずいぶん経過してしまいました。

お礼のお手紙をあらためて書こうとおもい、こうして筆をとった次第です。


あなたの出産が無事に済んだことが何よりもうれしいです。

出産直後、一時的に危険な状態に陥ったと聞いて血の気が引きました。

ぎりぎりのところで、あなたの心臓が持ちこたえられたのは、携帯電話越しに聞こえたという、あの子たちの歌声のおかげかもしれません。


ほんとうは、まよっていました。

故郷にもどる口実を、さがしていました。

臨時職員の話をもらったとき、好都合だとおもったよ。

あなたの出産が心配だった、というのもあるけれど。

約束の一年がすぎても、島にのこり続けるという選択肢もありました。

そうしようかとおもった日が何度もありました。

東京になんか行かなくていいじゃないかって。

なんのためにそうするのかって。

でも、やっぱり私は、東京で暮らすことにしたのです。

また、一から勉強しなおすために。


知人の紹介で、町の片隅にあるピアノ教室を手伝うことになるかもしれません。

満員電車でもみくちゃにされたり、スクランブル交差点で人とぶつかりそうになったり、一日が忙しく過ぎていきます。

そのようなとき、ふと立ち止まって、ビルの合間から空を見上げます。

五島の空は、きっと今も青く澄んでいることでしょう。


それでは、お体に気をつけて。

敬具

＊＊＊

開けはなした窓の前で立ち止まる。

空の高いところに、雲がうすくのびていた。バターナイフで、すっと塗ったみたいに。

外から入ってくる冷気がきもちよかった。春とはいえ、まだ風はつめたい。

もうだいぶ人は減ったけれど、ちらほらと学校の敷地を生徒と父兄があるいている。かつてお城だったことを示す石垣や、瓦屋根《かわらやね》の正門の前で、彼らは記念写真を撮っていた。

母はもう家に帰り着いただろうか。すこし前に母と交わした会話をおもいだす。

「用事があるけん、いっしょには帰れんばい」と、僕は言った。

「うん、わかった。夕飯にはもどってけえよ。今日はご馳走《ちそう》やけんね。サトル、身長、高くなったごたるねえ」と、母は返事をして帰っていった。

卒業式は何事もなく終わった。会場となった体育館周辺は、しばらくにぎやかだったけれど、今はもう閑散としている。

「桑原先輩！」

廊下の前方から、合唱部の一年生女子部員がかけよってくる。本来、うちの中学校では卒業式の日に一年生は学校に来るひつようがない。在校生代表として二年生は式に出席しなければならないが、一年生は休日あつかいである。しかし吹奏楽部と合唱部の部員は全員が呼び出されていた。式で演奏をしなければならなかったからだ。

「柏木先生、いらっしゃいました？」

「まだ、見つかっとらんよ」

僕は首を横にふる。

「捜すの手伝いましょうか？」

「うん、ありがとう」

先生は職員室にもいなかった。吹奏楽部の部室でもある第一音楽室にもいない。屋上にも、図書室にも姿は見あたらない。ならんで廊下をあるきながら後輩と話をする。

「先輩、今さらですが、卒業おめでとうございます」

後輩は僕と正反対のはきはきとしゃべる子だった。僕は会釈して「ありがとう」と返事をする。最初の数ヶ月間、後輩とはほとんど話もしなかったけれど、Nコンのあたりからすこしずつ会話をするようになったのである。

「卒業なんて、感慨深いですねえ。……あの、ずっと聞きたかったんですけど、桑原先輩って、長谷川先輩とつきあってるんですか？」

「……どがんおもう？」

「いっしょにおることがおおかけん、つきあっとるようにも見えますが、長谷川先輩は、桑原先輩にはもったいなかですねえ」

それにしても、柏木先生はどこにいるのだろう？　もう帰ってしまったのだろうか？　駐車場に柏木先生の軽トラックがあるかどうかを確認しに行ってみようとかんがえた。下駄箱の前で靴に履きかえながら、後輩に指示を出す。

「ごめんけど、部長に電話してくれん？　みんなの様子ば聞いてみて？」

後輩が携帯電話をつかって辻エリに連絡する。

「みんな、待ちくたびれてるそうですよ」

電話を切って後輩が言った。僕と入れ違いで第二音楽室に行ってしまった、というわけでもなさそうだ。

後輩といっしょに外へ出る。肌寒い空気に僕たちはふるえた。

「あ、軽トラックがあるねえ。柏木先生、帰ったわけじゃないみたいだ」

視界のずっと先のほうに、職員用駐車場に駐《と》まっている柏木先生の愛車が見えた。

同時に、グラウンドのむこうがわでじっとしているちいさな人影を見つける。海のある方向だ。

後輩と二人でそちらに行ってみた。

海はおだやかで、陽光を反射させている。海面が波うつと、光の粒が視界のなかではじけて残光が目を捉《とら》える。柏木先生が、岩場のあたりにたって、ぼんやりと海をながめていた。黒ずくめの服が風のせいでほそい体の線にはりついている。

「先生、ここにいたんですか」

声をかけると、先生は僕たちに気づく。

「あれ？　まだ、帰ってなかったの？」

「先生ば捜してたんです。お客様が第二音楽室にいらっしゃってますよ」

「客？　だれ？」

「さあ、僕にもわかりません」

「男の人やったですよ。先生のお知り合いじゃなかですか？」

後輩が言った。柏木先生は来客の心当たりがないらしく、首をひねっている。それもそのはず、なぜなら嘘《うそ》だから。

三人で第二音楽室へむかった。あるきながら後輩は柏木先生に話しかける。

「先生、一年間、ありがとうございました」

四月から松山先生の復帰が決まっていた。柏木先生が臨時の音楽教師としてこの学校にいるのは三月末までである。僕たち卒業生とおなじで、柏木先生もこの学校を去ってしまうのだ。先生にはいまだ根強いファンがおり、彼らはこの事態に涙したという。

「こちらこそ、ありがとう。こんなヘボ教師ですまなかった」

柏木先生はすこし照れくさそうにしていた。

「そういえば、受験のとき、大変だったそうですね！　大雪の日！」

「ナズナが寝坊してねえ。雪の中で遭難するところだったんだ」

「仲村先輩、将来は東京の大学に行きたかって言ってましたよ」

「へえ！　じゃあ、そのうちむこうで会うかもしれないな」

「柏木先生の部屋ば襲撃するって、今から計画しとるみたいです」

「ふうん、そうなんだ。セコム入っとこう」

校舎内に入り、廊下を移動する。第二音楽室の前まで来て、柏木先生が引き戸を開けた。先生のうごきが停止する。部屋には合唱部員全員が整列していた。赤ん坊を抱いた松山先生もいっしょである。

「え？　なに？」

戸惑っている柏木先生の前に辻エリが進み出る。

「さあどうぞ、ここに座ってください」

用意されていた椅子《いす》に柏木先生を座らせる。そのときにはもう、状況がなんとなくわかったらしく、柏木先生は照れくさそうにしていた。

「やめてくれよ、こういうの、はずかしいからさあ。ハルコ、おまえだろー!?」

松山先生は寝ている赤ん坊を起こさないよう、小声で返事をする。

「みんな、こっそりかくれて練習しよったとばい」

卒業式の後、一年間、お世話になった柏木先生のためにサプライズで合唱しよう。そう提案したのは松山先生だった。そして今日、じゃんけんで負けた僕が、先生を呼んでくる役目を担っていたのである。

「ちょっとまっとってね」

そう言うと松山先生は、腕の中の赤ん坊を、床にしいた携帯用マットの上に寝かせる。目を覚まさないよう、慎重に、慎重に、爆発物の処理をするような繊細さでマットに横たえて、手を赤ん坊の背中から抜く。赤ん坊が目をさますことなく、無事に移動がおわると、見ていた全員がほっと息をはきだした。

僕と後輩もみんなの列に加わる。そのとき一瞬だけ、長谷川コトミと視線があった。「へえ？なんで後輩の女の子といっしょにいたのかなー？」という心の声が届く。後でちょっといろいろ聞かれるかもしれない。

松山先生がピアノの前に座り、辻エリが僕たちにむきなおる。

窓がほそく開けられており、隙間《すきま》から入ってくる風がカーテンをゆらしていた。

室内が静寂になる。

辻エリの手がゆっくりうごいて、合唱がはじまる。

あごを引き、視線はややうわむきに。

肩の力を抜き、腕は自然におろす。

おなかを引っこめて、背筋はまっすぐに。

足をすこし開いて、両足に体重を均等にかける。
僕はもう、ふらつかないで、立っていられた。

協力　齋藤智子
（東京都国分寺市立第三中学校教諭）
法村雅典
（長崎県新上五島町立若松中学校校長）
青山真優
古木のぞみ
釣巻　創
山下文也

JASRAC出　1112884-101

中田永一

Nakata Eiichi

中田永一（なかた・えいいち）
1978年福岡県生まれ。2008年、『百瀬、こっちを向いて』で単行本デビュー、各紙誌の年間ベストテン入りし話題に。別名義での作品も多数発表。他の作品に『吉祥寺の朝日奈くん』がある。

くちびるに歌を

二〇一一年十一月二十九日　初版第一刷発行
二〇一二年　三　月　十八　日　第九刷発行

著者　中田永一
発行者　稲垣伸寿
発行所　株式会社小学館
〒一〇一-八〇〇一　東京都千代田区一ツ橋二-三-一
編集　〇三-三二三〇-五七二〇
販売　〇三-五二八一-三五五五

DTP　株式会社昭和ブライト
印刷所　大日本印刷株式会社
製本所　牧製本印刷株式会社

ISBN 978-4-09-386317-9